NEW
LIFE

뉴 라이프 3

초판 1쇄 인쇄일 2014년 12월 25일 ㅣ **초판 1쇄 발행일** 2014년 12월 29일

지은이 김연우 ㅣ **펴낸이** 곽중열 ㅣ **담당편집 팀장** 이범수
편집부 신연제 이윤아 김호성 김은경

펴낸곳 (주)조은세상 ㅣ **출판등록** 제 2002-23호
주소 경기도 연천군 미산면 청정로 1355
TEL 편집부 02)587-2966 ㅣ FAX 02)587-2922
e-mail bukdu@comics21c.co.kr

ⓒ김연우 2014
ISBN 979-11-5512-832-9 ㅣ ISBN 979-11-5512-829-9(set) ㅣ 값 8,000원

※잘못 만들어진 책은 바꿔 드립니다.
※저자와의 협의에 의해 인지는 생략합니다.

3

NEO FUSION FANTASY STORY

김연우 현대판타지 장편소설

뉴라이프
NEW LIFE

북두
(주)조은세상

CONTENTS

NEO MODERN FANTASY STORY

NEW LIFE

뉴 라이프
NEW LIFE

Scene #20 사소한 오해

NEW LIFE

Scene #20 사소한 오해

　"왜 그런 눈으로 보는 거야? 마치 못 볼 거 본 사람처럼. 좀 불쾌하네."

　슬아가 그렇게 따졌지만, 너무나 놀랐던 윤우는 한동안 그 질책에 대꾸하지 못했다. 그저 멍하니 선 채 슬아의 얼굴을 바라볼 뿐이다.

　"어떻게 온 거야? 여긴."

　슬아는 고개를 갸웃했다.

　"어떻게 오다니? 걸어 왔는데."

　"지금 그런 시시한 농담 받아 줄 때는 아닌 것 같다만."

　윤우는 냉정하게 이 상황을 파악해 보았다.

슬아는 자신의 집이 어디인지 모른다. 그런데 이곳에 와 있다는 것은 누군가의 도움을 받았다는 이야기. 미행을 했을 가능성도 있지만 그건 슬아의 성격과 전혀 어울리지 않는다.

힌트는 슬아의 바로 옆에 있었다. 김예린. 동생은 노트를 펼치고 손에 펜을 쥐고 있었다.

그제야 윤우는 이 상황이 어떻게 돌아가는지 감을 잡을 수 있었다.

"설마 대학생 멘토링?"

대학생 멘토링은 윤우가 학생회장에 출마할 때 공약으로 내걸었던 것 중 하나였다.

일종의 대학생 자원봉사 프로그램인데, 대학생들이 상훈고등학교 학생들의 멘토가 되어 학습활동 등 여러 분야의 고민을 해결해 주는 그런 제도였다.

학생회장에 당선된 윤우는 즉시 그 공약을 실행에 옮겼고, 소진욱 교수의 도움을 받아 한국대학교를 멘토링 대학 리스트에 포함시킬 수 있었다.

아무튼 윤우의 추측은 들어맞았던 모양이다. 슬아는 고개를 끄덕였다.

"절반은 맞아."

"나머지 절반은?"

"오늘부터 예린이 영어 과외도 해 주기로 했어. 다시 말해, 예린이의 멘토이기도 하지만 영어 과외 선생님이기도 하다 이거지."

"영어 과외를 한다고?"

그렇게 되물은 윤우는 자신의 동생을 바라보았다. 그게 무슨말이냐는 듯이.

"아, 어쩌다보니 그렇게 됐어. 영어가 좀 부족해서 과외를 받고 싶었거든. 그걸 얘기하니까 언니가 도와준다고 해서 과외하게 된 거야."

"그 전에 나랑 좀 상의하면 안 됐냐?"

예린이가 무어라 변명하려 했지만 슬아가 먼저 나서 그녀의 말을 가로챘다.

"멘토링 프로그램은 고민이나 상의할 것들을 나누는 프로그램이야. 그런 게 있는데 굳이 너한테 이야기 할 필요는 없잖아? 내가 아예 모르는 남도 아니고."

"그건 그렇다만……."

"게다가 내가 영어 과외를 해주는 것에 자격이 부족하다고는 생각하지 않아. 나 정도면 어디서든 과외를 구할 수 있으니까. 한국대 영문과. 이 이상의 보증이 필요하니?"

이어지는 정론에 윤우는 한숨을 내쉬었다. 빈틈이 보이면 쉴 새 없이 몰아치는 것이 슬아의 주특기였다.

"알아서들 해라."

윤우는 그렇게 돌아서 냉장고로 향했다. 그리고 문을 여니 생과일주스가 눈에 띄었다.

한숨을 내쉰 윤우는 거실에 대고 이렇게 물었다.

"너희들, 주스라도 마실래?"

방으로 돌아온 윤우는 대출해 온 책을 정리하고 차례대로 읽기 시작했다. 그러다 문득 예린이 생각이 떠올라 잠시 책을 내려놓았다.

대학에 들어오기 전에는 방학숙제도 봐주고 평소 모르는 것도 하나씩 가르쳐주곤 했는데, 그 이후에는 전혀 시간을 내주지 못하고 있었다.

'그러고 보니 요즘 제대로 신경을 못 써줬네. 바쁘기도 했지만 좀 잊고 지낸 면도 있어. 앞으로는 이야기도 제대로 들어주고 해야겠다.'

영어 과외를 구하는데 자신과 상의를 하지 않았다는 사실에 좀 충격을 받은 윤우였다.

슬아가 멘토였기 때문에 그녀와 상담한 것도 있었겠지만, 근본적인 문제는 자신이 평소에 시간을 많이 내주지 못했기 때문이라고 판단했다.

'하긴, 나만 바쁜 게 아니지. 동생 녀석도 학원에 다니

고 하니까. 얘기를 제대로 하려면 주말에나 되겠구나.'

그렇게 생각을 정리한 윤우는 다시 책을 들었다. 슬아가 갑자기 들이닥친 덕분에 정신이 번쩍 들어 당분간은 집중을 유지할 수 있을 것 같았다.

일단 윤우는 자신이 예전에 읽었던 소설부터 줄거리를 정리해 나갔다. 한 페이지씩 훑어보며 기억을 되살렸고, 완전히 기억이 되살아나면 그것을 그대로 줄거리로 옮겼다.

작업은 어렵지 않았다. 애초에 글을 쓰는 행위는 윤우에게 가장 자신이 있는 분야였으니까. 하지만 생각보다 시간이 많이 걸리는 것이 문제였다.

'네 작품에 두 시간. 예전에 읽었던 소설임을 감안하면…… 생각보다 작업 속도가 좀 느리네.'

그 후로도 윤우는 작업 결과물과 걸린 시간을 대충 계산해 보았다. 이대로라면 다음 주 금요일까지 95개 작품에 대한 줄거리 정리 작업을 온전히 끝낼 수 없을 것 같았다.

두 눈에 묵직한 피로감이 몰려왔다. 윤우는 책을 덮고 의자에 기댄 채 눈을 감았다.

'역시 도움을 좀 받아야 하나? 누가 딱 10작품만 대신해주면 한결 편할 것 같은데.'

문득 거실에서 과외 중인 슬아의 모습이 떠올랐다. 송현우 선배가 혼자 하라는 말은 하지 않았으니 누군가에게 부탁을 해도 상관은 없긴 했다.

하지만 윤우는 고개를 가로 저었다. 이것은 자신에게 주어진 과제였다. 스스로의 힘으로 어떻게든 해결을 보는 게 좋겠다고 생각했다.

딸칵—

그때 예고 없이 문이 열렸다. 깜짝 놀란 윤우는 후다닥 자리에서 일어섰다.

예린이조차 들어올 때 노크를 하거나 문 밖에서 들어간다고 이야기를 한다. 아무런 예고도 없이 문이 열렸다는 것은 보나마나 슬아의 짓일 게 뻔했다.

그리고 실제로도 그랬다. 방으로 들어온 슬아는 냉랭한 표정으로 주변을 둘러보기 시작한다.

"여기가 네 방이니?"

"노크 정도는 하지 그러냐."

"우리 사이에 뭐 어때."

꽤 오랜 시간을 함께해 온 것은 사실이지만 가연이가 들으면 오해할 말이었다. 그러다 보니 윤우를 기묘한 감각에 빠트리게 했다.

하지만 윤우는 애써 그러한 감각을 부정했다. 머릿속으로 오로지 가연이 뿐이다, 이렇게 생각하면서.

"그렇게 둘러보지 마라. 실례야."

"딱히 볼 것도 없는데 뭘."

"볼 게 없어서 미안하구나."

살짝 웃은 슬아는 윤우의 침대로 가 그곳에 사뿐히 걸터앉았다. 윤우는 컴퓨터 책상 앞에 서 있다. 높이 차이가 있어 슬아는 윤우를 올려다보았다.

"프로젝트 과제 하고 있었던 거야?"

"그래. 주말에 약속 다 취소하고 많이 해 두려고. 평일에는 학과 행사가 있을지도 몰라서."

"넌 참 부지런한 것 같아. 고딩 때도 그랬지만…… 하긴. 이렇게 부지런한 사람이니 성적으로 날 이길 수 있었겠지."

그렇게 말한 슬아는 창밖으로 시선을 돌렸다. 어느덧 해가 지고 있어 부드러운 노을이 창밖에 걸쳐 있었다. 한 시간만 지나면 금방 어두워질 것 같았다.

윤우는 책상에 앉아 슬아를 물끄러미 바라보고 있다. 주홍빛 노을이 닿은 슬아는 정말이지 너무나도 아름다웠다. 물론 윤우의 눈에는 평소와 다를 바 없게 보였지만 말이다.

"이왕 온 거 저녁 먹고 가라. 불고기 하려고 어제 재료 사다 놨거든."

"그래도 돼?"

"안 될 거라도 있어?"

슬아는 자신만만한 표정을 지으며 윤우 쪽으로 얼굴을 돌렸다.

"아니, 그런 게 아니라, 네 여친이 내가 여기서 저녁을 먹고 갔다는 사실을 알게 되어도 괜찮냐는 의미야."

이번에도 슬아의 말이 정곡을 찔렀다. 그랬기에 윤우는 선뜻 대답하지 못했다. 하지만 판단을 내리는 건 그리 어렵지는 않았다.

"과외 선생님으로 왔으니 이해해 주겠지. 누구랑은 다르게 이해심이 굉장히 많은 사람이거든."

"그 누구가 설마 날 의미하는 거니?"

"마음대로 생각해."

그 대화를 끝으로 방 안이 조용해졌다.

아무도 없는 둘만의 공간에서 눈을 마주치고 있자니 뭔가 어색한 기분이 들었다. 그래서 윤우는 몸을 돌렸다. 책을 손에 쥐고 읽으며 어색함을 지우려 애를 썼다.

슬아도 윤우의 책장에서 책 한권을 꺼내 왔다. 침대에 걸터앉은 슬아는 다리를 꼬고 편안히 앉았다. 치마가 살짝 접혀 올라간 덕에 새하얀 허벅지살이 그대로 드러났다.

무심결에 슬아를 한 번 바라보다가 그 장면을 목격한 윤우는 흠칫 놀랐다.

"윤슬아. 남의 집에서 너무 무방비적으로 앉아 있는 거 아니야?"

"뭐가? 그냥 다리 꼬고 앉아 있는 건데."

말이 통하지 않았다. 윤우는 한숨을 내쉬며 고개를 가로
저었다.

"그런데 너 과외 얼마 받고 해 주기로 했어?"

"공짜로."

그건 또 무슨 소리란 말인가. 윤우는 눈을 몇 번 깜빡이
며 슬아를 바라보았다.

확실히 좀 이상했다. 한국대 출신이라면 못해도 40만
원 이상은 받아야 정상이었다. 그 이상 얹어준다는 사람들
도 줄을 설 것이다.

그런데 공짜로 과외를 해준다니. 아무리 생각해도 이해
가 가지 않았다. 슬아가 그렇게 한가한 사람은 아니었으니
까. 뭔가 의도가 있는 게 분명했다.

윤우의 속마음을 읽었는지 슬아가 즉시 설명을 시작했
다.

"오해는 하지 마. 일종의 품앗이니까. 내년쯤에 예린이
에게 그림을 좀 배워볼까 생각하고 있어. 공짜로. 미리 투
자해서 나중에 거둬들이는 셈이지."

"그랬군. 그런데 너 그림에도 흥미가 있었냐?"

"회화는 예로부터 고급 취미로 인정받는 분야야. 하나
배워둬서 나쁠 건 없지."

고개를 끄덕인 윤우는 시계를 한 번 보더니 자리에서 일어섰다. 이제 슬슬 저녁 준비를 할 시간이었다.

"나 저녁 준비하러 갈 거야. 아무거나 봐도 상관은 없는데 너무 뒤지지는 마라."

"컴퓨터 써도 괜찮니?"

"그러든가."

슬아는 고개를 끄덕였고, 윤우는 문을 열고 거실로 나섰다. 컴퓨터는 전원이 켜져 있었다. 자리를 잡고 앉은 슬아는 이것저것 뒤져보기 시작했다.

윤우가 한 가지 간과하고 있었던 것은, 슬아가 여자긴 하지만 컴퓨터를 제법 잘 다룬다는 사실이었다. 슬아는 이미 중학교 시절 정보기기운용기능사와 정보처리기능사 자격증을 따 논 상태였다.

윤우가 어떤 게임을 하는지, 어떤 문서를 작성하는지, 그리고 어떤 홈페이지에 들락거리는지 궁금하던 차였다. 슬아는 지나가듯 컴퓨터를 써도 되냐고 물은 거였지만 속으로는 간절히 원하던 것이었다.

이것저것 둘러본 슬아는 문득 윤우의 성적 취향이 궁금해졌다. 그래서 탐색기를 띄운 다음, 검색에 *.avi 명령어를 입력했다.

잠시 후 민망한 제목의 파일이 하나 둘 걸려 나오기 시작했다.

"남자들이란 다 똑같구나……."

한숨이 섞인 말이었지만 슬아는 웃고 있었다.

잠시 후 검색이 모두 끝나고 파일을 모두 선택한 슬아는 DEL키를 누르려고 했지만, 너무 잔인한 일인 것 같아 그만두고 창을 닫았다.

슬아는 보다 생산적인 일을 해야 했다. 그녀에게 있어 생산적인 일은 윤우에게 잘 보이는 것이었다. 그랬기에 그녀는 자리를 옮겨 책상 위에 놓인 자료에 주목했다.

줄거리를 정리해야 하는 리스트를 보니 자신이 읽은 단편소설이 꽤 많았다. 슬아는 윤우가 이미 정리해 놓은 것은 빼고, 두 어 개를 골라 책을 훑어보며 줄거리를 쓰기 시작했다.

세 사람은 꽤 화목한 분위기에서 식사를 했다. 예린이 덕분이었다. 그녀는 학교에서 일어났던 재미있는 일을 이야기해 주면서 분위기를 띄웠다.

졸업한 지 얼마 되지는 않았지만 학교 일이 꽤 궁금하던 차였다. 윤우와 슬아는 학생회 애들이 잘 지내고 있는지, 선생들은 어떻게 하고 있는지 물어보았다.

그렇게 식사가 끝나자 슬아가 팔을 걷고 나섰다. 그리고 옆에 걸려 있던 앞치마를 손에 쥐었다.

"맛있게 얻어먹었으니 설거지는 내가 할게."

당연히 윤우가 가만히 있을 리가 없다. 그는 슬아의 앞치마를 가로챘다.

"과외 선생님한테 설거지를 시키는 집이 어디에 있냐?"

하지만 슬아도 보통이 아니었다. 다시 윤우의 손에 들린 앞치마를 빼앗았다.

"오늘은 과외 선생님이 아니라 멘토로 대접을 받았다고 칠게."

그렇게 선언한 슬아는 앞치마를 몸에 둘렀다.

패션의 완성은 얼굴이라는 말이 맞는 모양이다.

밋밋한 느낌의 앞치마였지만 슬아가 입으니 굉장히 잘 어울렸다. 도시적인 느낌이 사라지고 가정적인 느낌이 물씬 들었다.

다 먹은 식기를 싱크대에 놓는 슬아의 모습을 보며 윤우는 새삼스러운 기분을 느꼈다.

"앞치마도 잘 어울리네. 슬아 언니."

"그러게. 전혀 안 어울리는 아이템이라고 생각했는데."

예린이는 즐거운지 연신 미소를 짓는다. 그러다 오빠의 표정을 한 번 훑더니 그의 옆구리를 쿡 찔렀다.

"오빠, 언니를 너무 음흉하게 보고 있는 거 아냐?"

"무, 무슨 소리야? 그냥 설거지 시키는 게 마음에 걸려서 그래. 아무리 친구라도 손님인데."

그렇게 변명한 윤우는 아무렇지도 않다는 듯 거실로 돌아와 TV를 켰다. 한바탕 웃은 예린은 슬아가 설거지를 하는 동안 함께 먹을 과일을 준비했다.

소소하지만 무엇보다도 즐거운 순간이었다. 물론 예린에게 말이다.

◈

다음 날, 오전 강의를 마친 윤우는 강의실에 앉아 슬아에게 전화를 걸었다.

"점심 같이 먹을래?"

윤우가 즉시 용건을 말했다. 그러자 슬아는 잠시 말이 없었다.

－ ……웬일이야? 네가 점심을 같이 먹자고 하고.

"너 어제 소설 줄거리 작업 도와줬잖아. 이대로 입 싹 닦는 건 좀 아니다 싶어서."

－ 그런 걸 바라고 도와준 건 아니지만, 알았어. 거절하는 것도 예의가 아니니까. 인문관 앞으로 갈게. 지금 가면 되니?

"그래."

전화를 끊은 윤우는 즉시 강의실을 나서 인문관으로 향했다. 윤우가 있던 곳은 교양강의동이었기 때문에 인문관까지는 조금 걸어야 했다.

도착하고 보니 슬아가 출입구 앞에 서서 기다리고 있었다. 커다란 원어 전공책을 두 손으로 껴안듯 든 모습이 영락없는 여대생이다.

가까이 다가간 윤우가 인사 대신 메뉴를 물었다.

"뭐 먹을래?"

"글쎄. 밖으로 나가기에는 시간이 좀 부족하고, 그냥 가볍게 학식 가지 뭐."

"흐음."

잠시 고민하던 윤우는 고개를 가로 저었다. 기왕 사주기로 했는데 학식은 조금 격이 떨어지는 느낌이었다. 무엇보다도 학생 식당은 점심시간에 너무 붐빈다.

"교직원 식당 가자. 그쪽이 좀 더 좋다고 들었어."

"우리가 이용할 수 있는 거야?"

윤우는 고개를 끄덕였다.

"어제 선배한테 들었어. 재학생도 들어갈 수 있대. 뷔페식인데 잘 나온다고 하더라고. 가격도 적당하고."

교직원 식당은 대학본부 건물에 있었다. 그래서 두 사람은 5분여 정도를 걸어야 했다. 가는 도중 두 사람은 가볍게 이야기를 나눴다.

"어떨 거 같아? 예린이."

"어차피 실기가 중요한 애잖아. 공부는 큰 문제없어. 걱정이 좀 많은 편이라서 엄살 부리는 거야. 실제로 성적도 그렇게 나쁘지 않은 편이고."

꽤 냉정한 어투였지만 슬아의 평가니 믿을 만했다. 그녀는 과장하거나 중요한 것을 빠트리는 성격은 아니니까.

아무래도 수능까지 얼마 남지 않아서 그런지 윤우는 걱정이 되었다. 오히려 자기가 수능을 볼 때보다도 말이다.

"잘 좀 부탁한다. 시간이 있으면 내가 좀 봐주면 되는데 영 시간을 내기가 어렵네."

"걱정하지 말고 프로젝트 과제나 잘 해. 이재환 원장님 사업도 신경 써 주고. 요즘 많이 바쁘신 것 같더라."

"요즘이 아니라 늘 바쁘신 분이지 뭐."

두 사람은 점심 식사를 함께 한 뒤 강의를 듣기 위해 바로 헤어졌다. 둘이 같이 듣는 수업은 문학개론뿐이었다. 그러니 내일이 되어야 다시 만날 것이다.

강의가 일찍 끝난 윤우는 잠시 과실에서 시간을 보내다 소진욱 교수의 호출을 받고 그의 연구실로 내려갔다. 여전히 향기로운 커피향이 코를 자극했다.

"어때? 진짜 대학생이 된 소감이."

"아직 잘 모르겠어요. 이것저것 일이 많다보니 정신이 없네요. 그런데 출장은 잘 다녀오셨어요? 해외에 나갔다 오셨다고 들었어요."

"출장 핑계로 머리 좀 식히다 왔다. 미국에 다녀왔지."

씨익 웃은 소 교수는 품에서 담배를 꺼냈다. 그리고 불을 붙였다.

"그나저나 어제 현우 만났다면서?"

"예. 어제 만났어요."

그러자 소 교수는 재미있다는 표정을 지어 보였다. 뿔테 안경을 검지로 밀어 올리며 묻는다.

"어땠어? 현우는 학교에서 꽤 무섭기로 정평이 나 있는 학생인데."

"별일은 없었어요. 프로젝트 과제를 주며 열심히 하라고 하셨습니다."

굳이 그와 나눈 세세한 이야기까지 꺼낼 필요는 없었다. 중요한 건 프로젝트였으니까.

"그래? 아무래도 네가 마음에 들었나보군. 마음에 들지 않으면 험한 소리도 잘 하는 친구거든. 작년이었던가. 신입생 여자아이가 울음을 터트린 일도 있었지."

"그런 일도 있었군요."

확실히 말투가 호의적인 사람은 아니었다. 윤우야 전생의 오랜 경험 때문에 아무렇지도 않았지만, 갓 성인이 된 아이들이라면 받아들이기 거북스러울 수도 있다.

하지만 천성이 나쁜 사람 같지는 않았다. 자신이 집중하는 분야, 즉 연구에 대한 열정도 어느 정도 이상 느껴졌다. 특히 책임감이 강한 사람 같았다.

"그래서, 어떤 과제를 내 주던가? 줄거리 정리겠지?"

"예. 95작품에 대한 줄거리를 정리해 오라고 지시를 받았어요."

소 교수의 눈이 살짝 커졌다.

"95개나? 언제까지?"

"다음 주 금요일까지요."

"허허……."

소 교수가 허탈한 표정을 지었다. 말도 안 된다는 그런 반응이었다.

실제로도 그랬다. 그 리스트에 적힌 작품들은 이번 달 내로만 정리하면 되는 것이었다. 굳이 다음 주로 앞당겨서 해결할 필요는 없었다.

하지만 소진욱 교수는 참견하지 않기로 했다. 선후배 사이엔 분명한 질서가 존재한다. 제3자인 교수가 나서서 그 관계를 해칠 필요는 없다.

"걱정하지 않으셔도 됩니다. 이미 읽은 책들이 좀 많아서, 어떻게든 기한 내로 정리가 끝날 것 같아요."

"그래. 그것 말고도 앞으로 자네가 해줄 일이 많을 거

25

야. 차근차근 해 나가도록 하자. 아 참, 그리고 통장 사본 하나 가져오도록 해. 매달 연구비가 지급이 될 거야. 학부생은 50만 원. 따지고 보면 적은 돈이긴 한데… 용돈이라 생각하고 잘 좀 도와줬으면 좋겠다."

소 교수가 미안한 표정을 지으며 반쯤 태운 담배를 재떨이에 비벼 껐다.

윤우는 환하게 웃으며 답했다.

"금액은 상관없습니다. 선생님과 뭔가 함께 할 수 있다는 사실 자체만으로도 전 만족해요."

"그렇게 생각해 주면 나야 고맙지."

새삼스럽긴 하지만 윤우는 한국대에 들어오길 정말 잘했다는 생각을 했다. 조금씩 소 교수와의 친밀감이 커질 때마다 마음이 뿌듯해졌다.

그러다 보니 윤우는 교수가 되려는 꿈을 앞당기고 싶다는 생각까지 하게 됐다. 자신도 교수의 위치에서 제자들과 함께 무언가를 만들어 나가고 싶었다.

상상만 해도 즐거운 일이었다. 여럿이 연구실에 모여 커피를 홀짝이며 논의하는 풍경. 그 꿈이 왠지 머지않은 것 같은 설레는 기분이 들었다.

그때 윤우는 마침 질문하려던 것을 떠올렸다.

"그런데 승주는 이번 프로젝트에 함께 참가를 하지 않나요? 좀 조심스러운 내용이라 본인에게 묻지는 않았는데… 궁금해서요."

"승주는 다음 학기부터 참가할 예정이야. 이번 학기에는 시간을 내기가 좀 어렵다고 하더군."

윤우는 고개를 끄덕였다. 승주는 연구를 제외하고 특별히 욕심을 부리거나 하는 친구는 아니었다. 천천히 시간을 두고 한 가지 일을 착실히 해 내가는 스타일이다.

그에 비해 윤우는 일을 좀 벌려놓는 스타일이었다. 승주와 공동 연구를 하는 것도 있었고 이재환 원장의 사업을 돕는 것도 있었다. 여기에 소 교수의 프로젝트까지 끼어있다.

이렇게 성향이 다른 두 사람이 쉽게 친해질 수 있었던 것은 꽤 큰 우연이라 할만 했다. 그런 생각을 하며 윤우는 작은 미소를 떠올렸다.

"듣자 하니 승주와 공동 연구를 하고 있다던데, 잘 되고 있나?"

"일단 기초자료를 모으고 있는데, 아무래도 옛날 자료다 보니 식별 불가능한 글자들이 많아서 다른 판본을 찾고 있어요."

소 교수는 고개를 끄덕였다.

"일반적으로 연구자라면 가만히 책상에 앉아서 책이나 보는 사람들이라고 생각하겠지만 그건 큰 오산이야. 발품을 파는 게 중요해. 결국 자료 싸움이니까."

"명심할게요."

그것은 윤우도 분명히 인지하고 있는 것이었다. 현재를 기준으로 놓고 봤을 때, 회귀를 한 윤우가 소 교수보다 연구 경험이 훨씬 더 많으니 말이다.

우우우웅—

그때 주머니에서 진동이 울렸다. 전화였다.

"잠깐 실례하겠습니다."

윤우는 재빨리 연구실에서 나와 휴대폰을 열었다. 발신자는 가연이었다.

"가연아. 왜?"

– 지금 공강이지?

"그렇지."

가연은 윤우의 시간표를 알고 있다. 윤우도 마찬가지다. 두 사람은 강의시간에 전화를 하는 것을 피하기 위해 서로 시간표를 교환한 상태였다.

– 나 지금 한국대에 왔어.

예상치 못한 말에 윤우의 눈이 살짝 커졌다.

"우리 학교에 왔다고? 왜?"

– 보고 싶어서. 잠깐 할 얘기도 있고. 나 지금 대학본부 정류장이야. 여기서 어떻게 가야 해? 학교가 너무 넓으니 어디가 어디인지 하나도 모르겠어.

할 얘기가 있다는 말에 윤우의 머리가 바쁘게 회전하기

시작했다. 지금까지 2년 이상을 만나 왔지만, 가연이가 할 이야기가 있다며 자신을 불러낸 적은 거의 없었다.

즉, 지금 상황은 단순히 자신이 보고 싶어서 학교에 온 것이 아니라는 말이다.

도대체 무슨 일일까. 윤우의 머릿속으로 많은 가능성들이 스치고 지나갔다.

혹시 실수를 한 거라도 있나? 하지만 아무리 생각해봐도 그녀에게 실수를 한 것은 없었다.

- 윤우야? 듣고 있니?

"아, 미안. 내가 그쪽으로 나갈게. 잠시만 기다려."

- 응, 기다릴게.

전화를 끊은 윤우는 연구실로 돌아가 소 교수에게 인사를 한 뒤 다시 밖으로 나왔다.

가방을 들고 곧장 인문관을 나서 대학본부 쪽으로 내려갔다. 조금 더 걸으니 저 멀리서 주변을 두리번거리며 서 있는 가연의 모습이 시야에 잡혔다.

윤우는 사람들 사이를 조심스레 헤치며 정류장 쪽으로 서둘러 뛰었다. 잠시 후 눈이 마주쳤고, 가연은 환하게 웃으며 손을 흔들어 보였다.

'기분이 나빠 보이진 않네.'

평소와 같이 예쁜 미소를 짓고 있었다. 윤우는 내심 한숨 돌릴 수 있었다.

"어쩐 일이야? 여기까지."

"아까 전화로 얘기했잖아. 보고 싶다고."

그렇게 말한 가연은 윤우와 팔짱을 꼈다. 평소에는 손을 잡거나 하는데 오늘따라 좀 대담해 보였다.

"오늘 날씨 좋다. 그치?"

"그러게."

가연은 윤우의 팔을 꼭 끌어안은 채로 걸었다. 보기 좋은 장면이 연출되자 주변을 지나가던 사람들이 힐끔힐끔 이쪽을 쳐다보았다.

다른 곳이라면 몰라도 학교에서 이러니 윤우로서는 조금 부담이 될 수밖에 없었다. 결국 윤우는 가연이가 오해하지 않게 잘 둘러말했다.

"가연아. 우리 손잡고 걸을까?"

가만히 윤우를 바라보던 가연은 입술을 툭 내밀더니 고개를 가로 저었다. 싫다는 의미였다.

'뭐지?'

윤우는 내심 당황했다. 평소라면 자신의 의견을 무조건적으로 들어주는 가연이었다. 그런데 가연은 입술을 내밀면서까지 토라진 모습을 보이고 있는 것이다.

윤우의 명석한 두뇌가 회전하더니 지금 이 상황에 대한 몇 가지 가설을 꺼내놓았다.

'설마 어제 슬아가 왔다는 사실을 알았나? 그래서 토라

진 건가?'

확률이 아예 없지 않았다. 예린이는 가연이와 꽤 친했으니까, 과외를 시작하게 되었다고 그녀에게 이야기를 했을 수도 있었다.

하지만 동생은 그렇게 눈치가 없는 아이는 아니었다. 오해를 살 수 있는 말을 일부러 할 리가 없다.

그런 생각을 하며 윤우는 가연의 얼굴을 살폈다.

'오늘따라 표정을 읽기가 너무 힘드네. 무슨 생각을 하고 있는지 모르겠다.'

그렇게 윤우의 고민이 길어질 무렵, 갑자기 가연이가 걸음을 멈췄다.

그녀는 무언가를 바라보고 있었다. 그 시선을 따라가 보니 조용히 물결을 일으키는 자하당의 모습이 보였다.

"저기가 자하당이야. 우리 학교를 대표하는 연못이지. 오리도 있어. 저기 봐. 구석에."

"정말 멋있다. 우리 학교엔 이런 거 없는데."

"잠깐 앉을까?"

마침 비어있는 벤치가 있어 윤우와 가연은 그곳에 앉아 연못을 감상했다. 그제야 가연은 팔짱을 풀고 윤우와 손을 잡았다.

"가서 커피 사 올게. 잠시만 기다리고 있어."

가연은 고개를 끄덕였다. 윤우는 즉시 인문관 옆에 있는

'학사 찻집'으로 가서 아메리카노 두 잔을 사왔다. 오가는 내내 과 동기와 선배들과 마주쳤다.

하지만 윤우는 정작 슬아가 옆쪽으로 지나쳤다는 것은 보지 못했다. 윤우가 커피 두 잔을 들고 가는 모습을 가만히 보던 슬아는 조심스레 그를 따라가기 시작했다.

윤우가 앉은 옆자리에는 예쁘장하게 생긴 여자가 있었다. 정가연. 슬아도 익히 아는 얼굴이다. 슬아는 화단 옆에 앉아 두 사람의 행동을 가만히 지켜보았다.

벤치에 앉은 윤우가 커피를 건네며 물었다.

"그런데 점심은 먹고 온 거야? 오늘 오후엔 수업도 있잖아. 수업은 어쩌고?"

"점심 먹고 바로 왔어. 오후 수업은 안 들어가려고. 시간표를 바꿀 생각이야. 같이 다니는 동기랑 교양 같이 들으려고 하거든."

"그렇구나."

가연은 윤우의 전생대로 백은대학교 행정학과로 진학했다. 한국대와 백은대는 그리 멀리 떨어져 있지 않다. 지하철을 이용하면 30분도 걸리지 않아 금방 온 것이다.

잠시 침묵이 찾아왔다. 두 사람은 나란히 앉아 커피를 홀짝거렸다. 평소라면 아무렇지도 않을 침묵이었지만 윤우는 괜히 긴장이 되었다.

"윤우야."

그렇게 운을 뗀 가연이가 고개를 돌려 윤우를 빤히 바라보았다. 윤우는 심상치 않은 인상을 받았다. 그녀의 표정이 살짝 경직되어 있었던 것이다.

"나한테 뭐 할 말 없니?"

"어?"

"나한테 할 말 없냐고."

또박또박 말한 가연은 더 이상의 질문은 허용하지 않겠다는 굳은 의지를 보이며 입술을 꾹 다물었다.

이런 모습이 익숙하지 않았던 윤우는 당황할 수밖에 없었다.

"저기. 가연아. 지금 무슨 얘기를 하는지 모르겠는데……."

"……."

여전히 대답이 없다. 가연은 눈을 동그랗게 뜨고 윤우를 쳐다보았다. 대답하기 전까지는 입을 열지 않을 것 같았다.

'확실하진 않지만, 아무래도 슬아가 어제 다녀갔다는 이야기를 들은 모양인데?'

윤우는 그렇게 결론을 내렸다.

가연은 질투를 거의 하지 않는 사람이었다. 전생에도 그랬고 현생에도 그랬다.

하지만 그녀의 입장에서 보면 슬아는 예외일지도 모르

겠다는 생각도 들었다.

중학교와 고등학교 동창이고, 학급 및 전교 학생회에서 함께 활동했으며 같은 학원에서 광고 모델로도 활동을 했다. 지난 번 찍었던 광고 사진은 정말 연인같이 나왔었다.

당시 사진을 본 가연은 아무렇지도 않은 표정을 지었지만, 사람의 마음은 말하지 않으면 모르는 법이다. 그 사진을 보고 불쾌한 느낌을 받았을 수도 있다.

아무튼, 윤우는 가연의 한마디에 갈림길에 서고야 말았다. 사실대로 말할 것인가 아니면 모르는 척 발뺌을 할 것인가.

확률은 반반이었다. 가연이 알고 있는 경우와 모르고 있는 경우. 윤우는 두 가지 가능성을 높고 어느 쪽이 더 좋은 선택이 될지를 고민했다.

"어, 일꾼 1호?"

때마침 서은하가 벤치로 다가온 것은 윤우에게 큰 행운이었다. 잠시 분위기를 환기시킬 목적으로 윤우는 자리에서 일어서 그녀에게 반갑게 인사를 했다.

"안녕하세요. 누나."

손을 흔들어 보인 은하는 윤우와 가연을 번갈아가며 바라보았다.

"오호, 데이트 중?"

윤우는 멋쩍게 웃으며 고개를 끄덕였다. 가연이도 따라

일어서더니 은하에게 고개 숙여 인사를 했다.

"처음 뵙겠습니다. 정가연이에요."

"반가워요. 난 윤우 선배 서은하예요. 말로만 들었는데 이렇게 실제로 보게 될 줄은 몰랐네요. 그나저나 김윤우. 제법인데? 벌써부터 애인을 학교에 끌어들이고 말이야."

은하는 싱글벙글 웃으며 윤우의 옆구리를 쿡쿡 찌른다. 그녀는 잘 나가다가 꼭 마지막에 초를 치곤했다. 그래도 윤우는 이 순간에 나타나 준 그녀가 너무나도 고마웠다.

"누나. 그게 아니라……."

"됐어. 됐어. 그냥 놀려 본 거야. 그럼 방해꾼은 이만 사라져 줄 테니 즐겁게 데이트나 하라구."

바람처럼 나타났다 바람처럼 사라지는 은하. 그런 그녀가 재미있는지 가연은 쿡하고 웃음을 터트렸다. 그 모습을 본 윤우는 잠시 마음을 놓을 수 있었다.

하지만 그것은 착각이었다. 벤치에 앉은 가연이 다시 표정을 굳힌 것이다.

"……."

마치 타임머신을 타고 정확히 3분 전으로 되돌아간 것 같은 느낌. 윤우의 입에서 한숨이 흘러나왔다. 아무래도 가연이가 마음을 단단히 먹고 나온 것 같았다.

결국 윤우는 솔직하게 말하는 것이 좋겠다고 판단했다. 어느 경우든 그녀를 속이는 것엔 리스크가 따른다. 가연은 거짓말을 하는 사람을 제일 싫어한다.

이런 사소한 일로 모험을 할 필요는 없었다. 애초에 슬아와 바람을 피운 것도 아니니까. 솔직하게 말하면 가연이도 분명히 이해를 해 줄 것이다.

"실은, 슬아가 예린이 과외를 해 주게 됐어. 동생 녀석이 나랑 상의도 안하고 그렇게 결정을 해버렸더라고. 그래서 슬아가 우리 집에 왔었고, 앞으로도 오게 될 거야."

여기까지 말한 윤우는 잠시 말을 멈추고 가연의 안색을 살폈다. 변화는 없었다. 여전히 경직된 표정으로 자신을 바라보고 있었다.

한숨을 내쉰 윤우는 벤치에 앉은 채로 몸을 가연이 쪽으로 돌렸다. 그리고 그녀의 눈을 바라보며 모든 것을 솔직히 털어 놓았다.

"그래도 오해는 하지 마. 내가 늘 이야기하지만 슬아와는 아무런 사이도 아니니까. 그래, 물론 학원 광고 때문에 찍은 사진이 신경이 쓰일 수도 있을 거야. 그건 정말 미안해. 내가 원해서 그렇게 찍은 건 아니라는 점은 알아줬으면 좋겠어. 어쩔 수 없이 학원 광고 컨셉이 그렇게 잡힌 거거든. 앞으로는 이재환 원장님께 말씀을 드려서 그런 사진은 찍지 않게끔 해 볼게. 그러니까 오해는 풀어. 알았지?
아무튼 슬아가 우리 집에 오더라도 아무 일도 일어나지 않
을 거야. 하늘에 내 이름을 걸고 맹세해."

한 마디 한 마디에 애정이 느껴질 정도로 진솔한 고백이
었다. 그제야 가연이가 반응을 보였다.

"그래. 잘 알았어. 더 할 말은 없어?"

"없어. 그게 다야. 아무튼 미리 말 못해서 미안해. 다음
부터는 놀라지 않도록 내가 미리 이야기 해 줄게."

윤우는 사과의 의미로 가연이의 손을 꼭 잡았다. 다행히
그녀는 자신의 손길을 피하거나 하지 않았다.

그런데 돌연 가연이가 풋 하고 웃었다. 순간 윤우는 뭔
가 이상함을 느꼈다.

"그런 일이 있었구나? 슬아가 예린이 과외를 해줄 줄은
몰랐네."

"뭐? 잠깐, 몰랐다니? 다 알고 물어본 거 아니었어?"

가연은 고개를 가로 저었다.

"연아가 오늘 너 만나면 이렇게 해보라고 해서 물어본
거야. 할 말 없냐고 물어보면 분명히 뭔가를 말해 줄 거라
고 했거든."

"그게 무슨……."

온몸에서 힘이 빠져나가는 듯한 기분이 들었다. 윤우는 더
이상 말을 잇지 못했다. 어쩐지 느낌이 안 좋다 했다. 생각해

보면 가연이가 이런 식으로 나온 적이 한 번도 없었으니까.

하지만 이미 엎질러진 물이었다. 모든 것을 사실대로 고백한 윤우는 손으로 얼굴을 감싸 쥐며 고개를 숙였다.

좌절하는 윤우의 모습을 보자 가연이가 겁을 먹었다. 윤우의 팔을 붙잡으며 물었다.

"미안해. 화났어?"

윤우는 씁쓸히 웃으며 고개를 가로 저었다. 화가 난 것은 아니었다. 다만 크게 당황했을 뿐이다.

가연이가 어리다고만 생각하고 있었다. 아무래도 윤우는 전생의 기억을 가지고 있었으니까. 그랬기 때문에 이런 일을 당하리라고는 생각지도 못했다.

윤우는 한숨을 길게 내쉬며 하늘을 올려다보았다.

푸른 하늘에 떠다니는 구름이 보인다. 그래, 이 모든 건 송연아 그 녀석 때문이다. 그렇게 윤우는 가연이를 위해 잘못을 모두 연아 탓으로 돌렸다.

"연아 걔는 대학 가서도 참 한가한가보다. 이런 장난을 치라고 하는 걸 보면. 언제 만나기만 해 봐. 한 소리 해줘야겠어."

"아니, 그런 게 아냐. 저기, 좀 오해가 있는데. 실은 내가 계속 불안해하니까, 그런 식으로 떠보라고 해서……."

불안?

뜻밖의 말이 튀어나왔다. 윤우가 고개를 홱 내리더니 가연이를 바라보았다.

"불안하다니?"

가연은 대답을 하지 않았다. 습관적으로 윤우는 그녀의 어깨를 어루만지며 살살 달랬다. 이럴 때 필요한 것은 두 눈을 마주보고 신뢰를 주는 것이다.

효과가 있었다. 잠시 후 가연은 한숨을 푹 내쉬더니, 이런 장난을 치게 된 배경을 설명했다.

"실은, 국문과엔 여자애들도 많고 하니까 좀 마음이 안 놓였었거든. 그래서 연아에게 고민 상담을 했었어. 윤우가 다른 애랑 눈 맞으면 어떻게 하냐고. 그랬더니 이렇게 하면 사실대로 다 이야기 해 줄 거라고 해서……."

꽤 많이 참아왔나 보다. 그렇지 않고서야 이렇게 갑자기 눈물을 흘릴 리가 없다.

그 모습을 지켜보던 윤우는 뭐라 대답을 할 수가 없었다. 가슴이 먹먹해졌다. 지금까지 자기가 판단해왔던 것들이 모조리 무너지는 듯한 느낌이었다.

가연이는 착하고 순수하다. 이해심도 넓고 신뢰가 깊다. 그래서 질투나 오해를 잘 하지 않을 것이다.

하지만 그것은 아무래도 틀린 것 같다. 그녀도 다른 여자들과 마찬가지로 불안하고 질투하는 그런 평범한 사람이었다. 다만 다른 점이 있다면 겉으로 내색하지 않았다는 것뿐.

윤우는 처음부터 뭔가 자기가 잘못 생각해왔다는 것을 깨달았다. 미안한 마음이 한없이 마음속에서 끓어 넘쳤다. 그래서 그녀를 조용히 끌어안았다. 그리고 소매로 눈물을 닦아주었다.

"그런 쓸데없는 걱정을 왜 해? 오히려 내가 더 걱정된다. 다른 남자애들이 너 채갈까 봐."

"미안해. 내가 생각이 짧았나 봐."

"사과는 내가 해야지."

그렇게 윤우는 가연을 살짝 껴안은 채 시간을 보냈다. 주변의 시선은 아랑곳하지 않았다. 지금 중요한 것은 다른 사람이 아니라 가연이를 달래주는 것이었으니까.

한편, 그 모든 것을 지켜보고 있던 슬아는 짐을 챙겨 자리에서 일어섰다. 그리고 도도한 걸음으로 인문관으로 올라갔다. 그녀의 표정엔 여전히 여유가 넘쳤다.

집으로 돌아온 윤우는 잘 들어 왔다고 가연에게 문자를 보냈다.

문자의 길이가 평소보다 훨씬 길었다. 오늘 있었던 사건 덕분에 지금까지 소홀하게 넘겨왔던 일들이 제법 많다는 것을 깨달았던 것이다.

앞으로는 통화도 더 자주 하기로 했다. 주말에는 가급적 시간을 내서 데이트를 할 예정이다. 바빠도 가연이는 이해해 줄 거다, 이런 식으로 생각하지 않을 것이다.

'이거 연아한테 밥이라도 사야겠는데?'

연아의 장난이 아니었다면 가연이와의 관계에 위기가 찾아왔을지도 모른다. 윤우는 마음속으로나마 그녀에게 진심으로 고맙다고 생각했다.

'그나저나 이 녀석, 왜 이렇게 안 오는 거야?'

시계를 보니 시침이 저녁 7시를 지나고 있었다.

윤우가 기다리는 것은 박성진이었다. 두 사람은 오늘 저녁 오랜만에 만나기로 했다.

원래는 적당한 호프집에서 만나려고 했지만, 성진이가 바득바득 우기며 집으로 찾아오겠다고 했다. 예린이가 그렇게 보고 싶다는데, 윤우는 딱히 말리지 않았다.

박성진이 도착한 것은 그로부터 10분 후였다. 그는 치킨과 맥주를 한아름 사들고 집 안으로 들어왔다.

역시나 주변을 둘러보며 누군가를 찾았다. 그리고 윤우는 언젠가 했던 대사를 똑같이 반복했다.

"예린이 학원 갔다."

"아 놔, 오늘도?"

"고3이잖아."

치킨을 받아 든 윤우는 거실 테이블에 펼쳤다. 구수한

냄새가 나는 것이 절로 군침이 돌았다. 성진은 봉지에서 맥주를 하나 꺼내 윤우에게 던졌다.

"땡큐. 그런데 웬일이야? 일 때문에 한창 바쁜 녀석이 다 보자고 하고."

성진은 대답 대신 맥주 캔을 딴 뒤 시원하게 한 모금 들이켰다.

"크아, 좋구나. 그냥 요즘 연락도 못하고 다들 뭐 하며 사나 싶어서. 난 대학을 안 갔으니 이렇게라도 만나서 이야기를 듣지 않으면 어떻게 지내는지 모르잖아."

"대학이라고 특별할 거 없어. 아마 4년 뒤면 다들 널 부러워 할 거다. 벌써부터 경력 쌓으면서 돈을 벌고 있으니."

회귀한 윤우는 한국의 경제가 지금보다 나아지지 않는다는 것을 잘 알고 있었다. 향후 수십 년간 경기가 얼어붙으며 취업난이 계속될 것이다.

"일은 어때? 할만 해?"

"상사가 조금 엿 같긴 하지만 버틸 만해. 짜증나는 업주들도 많지. 대박 진상이야. 한 번 털리고 나면 군대나 다녀와야겠다는 생각뿐이 안 들어."

윤우는 고개를 끄덕였다. 영업직이니 다른 직종에 비해 부딪히는 것이 많을 것이다.

하지만 걱정은 들지 않았다. 성진이는 앞으로도 계속 성공가도를 달릴 테니까.

혹시라도 그가 어려운 일을 당하면 윤우는 만사 제쳐놓고 도와줄 것이다. 전생에 그가 자신에게 베풀었던 것처럼.

"그나저나 예린이는 어떻게 지내? 요즘 통 연락을 안 해서 말이야."

윤우는 피식 웃었다.

"왜 그 얘기 안 하나 했다. 안 그래도 어제 사건이 하나 터졌었어. 예린이, 슬아한테 영어 과외 받기로 했다. 그래서 어제 슬아가 집에 왔더라고."

"뭐? 이야, 대박인데? 가연이 긴장 좀 타야겠다."

"탈 것도 없어. 슬아와는 아무런 사이도 아니니까."

윤우는 확실히 선을 그었다. 하지만 성진의 생각은 조금 달랐던 모양이다. 맥주를 홀짝이던 그는 은근히 윤우를 바라보았다. 마치 속마음을 떠보려는 것처럼.

"벌써부터 그렇게 단정할 필요는 없지 않아?"

"무슨 말이 하고 싶은 거냐?"

"가연이랑 계속 관계를 유지한다는 보장은 없잖아? 사람 일이라는 게 어떻게 될지 알 수 없는 거니까. 여자든 남자든 마찬가지지만 많은 사람들을 만나봐야 한다고. 넌 이대로 쭉 가연이만 만날 생각이야?"

제법 현실적인 생각이었다. 만약 전생의 윤우라면 성진

이의 말에 동의했을 것이다. 결혼하기 전까지 많은 사람들을 만나보는 것이 여러모로 도움이 되니까.

하지만 속사정은 다르다. 윤우는 과거로 회귀를 한 사람이다. 아내와 딸아이들을 버리고 왔다는 죄책감이 아직도 남아 있었다. 그랬기에 가연이를 붙잡고 싶은 것이다.

"미안한데 그럴 생각이야. 가연이가 날 버리지 않는 이상 내가 먼저 찰 생각은 조금도 없어."

윤우의 단호한 대답에 성진은 혀를 찼다.

"쯧, 답답한 놈. 뭐, 그래라. 일찍 결혼해서 족쇄를 차는 것도 나쁘지 않겠지. 하하하!"

물론 윤우는 그런 비아냥을 가만히 듣고만 있을 인물은 아니었다. 회심의 미소를 성진에게 겨냥했다.

"여자든 남자든 많은 사람들을 만나봐야 한다는 말은 그대로 예린이에게 전해 주마. 잘 해봐."

성진은 즉시 무릎을 꿇었다.

"잘못했습니다. 형님."

"그래, 진즉 그렇게 나왔어야지. 아우야. 목이 마르구나. 냉장고에 넣어 둔 콜라나 가져와 보거라."

"에라이, 비겁한 자식!"

성진은 먹던 닭 조각을 집어 던지며 냉장고로 얼른 뛰어갔다.

그렇게 시간이 하나 둘 흘러갔다.

하루가 지나고 달이 바뀌더니 어느덧 신록이 우거지기 시작했다. 길거리를 거니는 사람들의 옷이 한층 더 얇아졌다.

1학기를 마무리하던 윤우에게 기쁜 소식이 들려온 것은 매미가 울기 시작하는 초여름 무렵이었다.

명성학원이 추진하던 제휴 사업이 대박을 터트린 것이다. 물론 그 주역은 자문 역을 맡았던 윤우였다.

NEO MODERN FANTASY STORY

뉴 라이프

NEW LIFE

Scene #21 재계약

Scene #21 재계약

맴맴 매앰—

시원한 것은 매미 우는 소리뿐이다.

때는 6월 초 어느 토요일.

찌는 듯한 더위가 서울을 기습했다. 사람들은 겨울이 언제였냐는 듯 살갗을 노출하며 거리를 걷고 있다. 그늘 속에 숨어서 말이다.

명성학원 인터넷사업팀 사무실로 향하던 윤우는 잠시 걸음을 멈추고 하늘을 바라보았다. 청명한 하늘 너머로 따가운 햇볕이 내리쬐고 있다.

윤우는 반사적으로 손을 들어 눈을 가렸다.

'진짜 덥네……'

벌써부터 땀이 비 오듯 흐르고 있었다. 윤우는 조금이라도 빨리 사무실에 들어가려고 발걸음을 더욱 부지런히 움직였다. 그곳엔 에어컨이 있으니 한숨 돌릴 수 있다.

'오늘 같은 날은 선풍기 틀어놓고 집에서 공부나 하는 게 딱인데.'

윤우는 걷는 내내 그 생각을 머릿속에서 떨쳐내지 못했다. 이재환 원장이 오늘 오후에 꼭 사무실로 오라고 하지만 않았더라도 윤우는 지금쯤 시원한 바람을 맞으며 기말고사 준비를 할 것이다.

대학생이 되어도 달라지지 않는 것이 있다면 바로 성적에 대한 걱정이었다. 윤우는 전생의 경험이 있기 때문에 남들보다는 앞선 상황이지만 장학금을 위해 최선을 다했다.

'가연이랑 같이 시원한 카페에서 공부를 하는 것도 좋겠는데? 이런 날엔 역시 아이스커피가 딱이지.'

카페 앞을 지나치던 윤우는 잠시 걸음을 멈춰서 카페 안을 바라보았다.

'그러고 보니 직원들한테 매번 얻어먹기만 하고 한 번도 대접한 적이 없구나.'

사회생활의 기본 규칙 중 하나. 오는 게 있으면 가는 것도 있어야 하는 법.

윤우는 그 길로 카페로 들어가 아이스 아메리카노를 여

섯 잔 주문했다. 그리고 양손으로 커피 캐리어를 들고 다시 사무실로 걷기 시작했다.

목적지에 도착하자 다들 회의실에 모여 잡담을 나누고 있었다. 노트가 덮어진 것을 보니 회의는 끝난 모양이다. 윤우가 안으로 들어가니 다들 반갑게 인사를 건넸다.

"어서 와라. 밖에 엄청 덥지?"

"안녕하세요. 늦어서 죄송해요. 커피 좀 사오느라고."

"커피다!"

차 대리는 윤우보다 그의 손에 들린 커피에게 더 반가운 눈빛을 보냈다. 피식 웃은 윤우는 커피를 하나씩 직원들 앞에 내려놓았다.

"더운데 한 잔씩들 드세요."

"이야, 마침 시원한 게 생각났는데. 잘 마시마."

"윤우 최고! 역시 윤우는 개념이 넘친다니까?"

정현철 팀장과 차슬기 대리가 각각 웃으며 말했다. 나머지 직원들도 윤우에게 고맙다는 말을 전했다.

생각보다 반응이 좋았다. 윤우는 가끔이라도 이렇게 커피를 사오는 게 좋겠다고 생각했다.

윤우도 자신의 몫을 챙겨 차슬기 대리 옆에 앉아 휴식을 취했다. 시원한 에어컨 바람이 땀을 금세 식혀 주었다.

"신문 기사 봤어? 거기 앞에 있는 거 오늘 아침 신문이야. 한 번 읽어봐."

차 대리의 말에 윤우는 신문을 집어 들었다. 명성학원에 대한 기사였다. 메인은 아니었지만 꽤 큼지막하게 사진까지 들어간 중형 기사였다.

신문은 하나가 아니었다. 세 개였고, 각각 경제와 기업 뉴스를 다루는 페이지가 펼쳐 있었다.

- PMP, 인터넷 강의의 새 시대를 열다!
- 명성학원과 폴라베어사의 전략적인 제휴
- 이재환 원장이 쓰는 인터넷 강의의 성공신화

그럴싸한 카피가 붙어 있는 기사였다. 이재환 원장의 사진이 걸린 기사도 있었고, 정현철 팀장의 인터뷰 기사도 있었다. 당연히 윤우는 여기에 끼지 않았다.

명성학원에 대한 기사는 주요 일간지와 월간지에 대부분 실렸다. 이재환 원장이 매스컴에 굉장히 민감한 사람이었기에 가능한 일이었다. 또한 그쪽에 인맥도 많았다.

기사를 훑어보며 윤우는 뿌듯함을 느꼈다. 자신이 제안한 내용이 채택되고 그것이 큰 성과로 이어졌다. 전공과는 관계없이 큰 성취감을 느낄 수 있었다.

"그런데 오늘 중요한 회의라도 있는 거예요?"

신문을 내려놓은 윤우가 묻자 정 팀장이 고개를 끄덕였다.

"대표님께서 중대 발표를 하신다더군. 그래서 다들 여기 모여 대표님 오시기만을 기다리고 있지. 아마 곧 오실 거야. 30분 내로 도착한다고 아까 통화를 했었으니까."

"무슨 발표일까요."

윤우가 신중히 생각에 잠기자 차 대리가 윤우의 어깨를 탁 치며 기세 좋게 말했다.

"왜 그렇게 걱정이 많아? 좋은 일이겠지. 우리 회사 요즘 분위기 좋잖아. 매출도 수직 상승했고. 다들 다음 연봉 협상을 기다리고 있다구."

"걱정이 아니라 생각이 많다고 해 주시면 안 될까요?"

"그게 그거지 뭐. 대표님이 이렇게 다들 기다리게 하는 날엔 꼭 좋은 소식이 있더라. 선배로서 조언해 주는 거니 새겨듣도록 해."

겉으로 이렇게 얘기를 해도 차 대리는 윤우가 대견스러웠다. 정식 직원도 아닌데 회사에 대해 이렇게 관심을 가져줄 줄은 몰랐던 것이다.

무엇보다도 윤우는 늘 옳은 결정을 내렸다. 시장을 보는 눈이 탁월했고, 정책 수립에 따르는 리스크 관리에도 뛰어났다. 마치 앞날을 알고 있는 사람처럼 말이다.

한 마디로 정리하자면, 대학교 신입생답지 않은 안목과 분석력을 갖추고 있었던 것이다. 윤우의 인성과 공동체적 마인드는 말할 것도 없이 훌륭했고.

그러한 사실은 정현철 팀장도 동의하는 바였다. 정 팀장은 얼마 전 이재환 대표에게 윤우를 임시직에서 끝나지 않고 제대로 된 대우를 해줘야 한다고 건의까지 했다.

나이가 어리긴 했지만 장기적으로 봤을 때 윤우는 회사에서 핵심인물로 성장할 가능성이 컸다. 미리 윤우를 포섭할 수 있다면 회사에 매우 큰 도움이 될 것이 자명했다.

"윤우가 괜히 걱정을 하는 건 아닐 거야. 요즘 기가스터디쪽 움직임이 심상치가 않긴 해. 우리 성장에 자극을 받았는지 공격적으로 나서고 있어. 신생업체인 오투스가 한국교육을 인수한다는 소문도 돌고 있고. 긴장의 끈을 놔서는 곤란해."

정현철 팀장의 말에 차 대리는 씨익 웃으며 커피잔을 들어 보였다.

"팀장님. 이 커피를 마시는 순간만큼은 긴장의 끈을 놓겠어요."

"뭐, 그 정도야 얼마든지 허가해 줄 수 있지."

"역시 팀장님이 최고예요!"

"방금 전엔 윤우가 최고라면서?"

정 팀장의 그 한 마디에 좌중이 모두 웃음을 터트렸다. 차 대리는 무안한 웃음을 지으며 커피를 쭉 들이켰다.

그때 출입구가 열리며 이재환 원장이 모습을 드러냈다. 제일 먼저 발견한 윤우가 일어섰고, 이어 모두가 일어서 그에게 인사했다.

"아아, 더운데 뭘 서서 인사들 하고 그러나. 다들 앉아요."

"오랜만이에요. 대표님."

윤우가 마지막으로 이재환 원장을 만난 건 한 달 전이었다. 그랬기에 재환은 각별히 반가운 기색을 보였다. 악수를 청하면서.

"잘 지냈지? 슬아한테 가끔 듣긴 하는데 요즘 아주 재미가 좋다면서?"

윤우는 그와 악수를 나누며 한숨을 쉬었다.

"재미는요. 일주일 전까지 프로젝트 때문에 주말도 반납하고 달렸는데요. 이제야 한숨 돌리고 있어요."

"가연이한테 잘 해줘라. 그러다 차일라."

뼈있는 농담을 건넨 재환은 정장 자켓을 벗어 걸고 자리에 앉았다. 그리고 덥다는 말을 반복적으로 내뱉더니, 윤우가 사온 커피를 마시며 땀을 식혔다.

직원들은 잡담을 거두고 재환을 바라보고만 있었다. 중대발표라는 것이 무엇일까 다들 궁금해하는 눈치였다. 재환도 그것을 눈치챘는지 커피잔을 내려놓으며 씨익 웃었다.

"다들 많이 기대하고 있나 보군요. 그럼 어서 공개를 해야 겠네. 자, 우리와 제휴를 맺은 폴라베어사의 교육용 PMP가 오늘 오전에 10만대 판매를 달성했습니다!"

"와아!"

차 대리가 환호성을 지르며 좋아했다. 다들 박수를 치며 기쁨을 나눴다. 최근 실적을 보면 10만대 달성은 시간 문제였지만, 이재환 대표가 직접 전달을 해주니 감회가 새로웠다.

재환은 손뼉을 치며 좌중을 진정시켰다. 아직 할 말이 더 남은 모양이다.

"자, 자. 진정들 하시고. 덧붙여 신규 회원 가입수도 매일 최고치를 경신하고 있어요. 매출은 말할 것도 없고. 저는 이게 다 여러분들이 주말도 반납하고 열심히 노력해 준 결과라고 생각합니다."

직원들을 하나씩 둘러 본 재환의 시선이 윤우에게 고정되었다. 그 상태로 재환이 계속 말을 이어나갔다.

"그래서 전 여러분들에게 특별 보너스를 지급하기로 결정했습니다. 액수는 오늘 오후에 각자 통장을 확인하면 될 겁니다. 금액을 보고 놀라지 않도록 주의하세요."

"사랑해요, 대표님!"

제일 좋아한 것은 최근 유흥비 덕에 빠듯한 생계를 이어나가던 차 대리였다. 오늘부로 밀린 카드값은 어떻게든 해결이 될 것이다.

이재환 원장은 화끈하기로 유명했다. 쓸 때는 확실히 쓴다. 이번 제휴 건은 정말 큰 프로젝트였기 때문에 상당한 보너스가 예상되었다.

다들 감사의 뜻을 표하자 재환은 흡족한 미소를 지었다. 그 모습을 보며 윤우는 강사가 아니라 기업가로서의 모습도 잘 어울린다고 생각했다.

"제가 전할 말은 이것으로 끝입니다. 아 참, 하나 더. 오늘은 다들 이만 퇴근하세요. 충분히 쉬고 월요일부터 다시 달리는 겁니다."

"진짜요? 감사합니다!"

재환은 고개를 끄덕였다.

"앞으로도 오늘처럼 잘 부탁합니다."

사원들이 신이 난 얼굴로 하나 둘 회의실을 빠져 나갔다. 어느덧 회의실에는 윤우와 재환만이 남았다. 자리에서 일어선 재환은 윤우의 옆자리에 옮겨 앉았다.

"김윤우. 어째 넌 별로 기뻐하는 기색이 아니던데?"

"그럴 리가요. 당연히 기쁘죠. 보너스가 나왔다는데 싫어할 사람이 세상에 어디 있어요?"

피식 웃은 재환이 담배를 하나 꺼내 들었다. 하지만 이곳이 대표실이 아니라 회의실임을 뒤늦게 깨닫고는 입맛을 다시며 다시 앞주머니에 넣었다.

"보너스가 아니라 제휴 판매 10만대 목표를 달성했다고 내가 전해줄 때 말이다. 마치 당연하다는 듯 받아들이더군."

"저는 제휴 계획을 처음 말씀드렸을 때부터 충분히 가능할 거라고 생각했어요."

당당한 윤우의 말에 재환은 기죽은 표정을 지었다.

"아무리 생각해도 넌 가끔 건방질 때가 있어. 그래도 뭐, 마음에 든다. 이렇게 된 것도 다 네 건방진 아이디어 덕분이니까."

"엄밀히 말하면 아이디어에서 끝나지 않게 결단을 내려주신 선생님 공이죠."

"아, 정말 질린다. 질려. 국문과 애들은 다들 이렇게 말을 잘하나? 하하하!"

재환은 특유의 큰 목소리로 웃었다. 새삼스레 윤우와 처음 만났던 그 날이 떠올랐다. 그 때도 이렇게 당당했었지, 그렇게 생각하며 가방을 열어 서류를 두 개 꺼냈다.

"곧 우리와 계약 만료인 거 알고 있지?"

"예. 그러니까… 2월 초쯤 계약을 했으니까 8월에 끝나겠네요."

"시간 참 빠르다."

그렇게 한마디 한 재환은 서류를 윤우 쪽으로 들이밀었다. 근로계약서였다.

"반년 더 어때?"

쿨한 제의였다. 미소를 지은 윤우는 조금의 고민도 없이 그가 내민 계약서를 받아들었다.

망설임 없이 계약서를 받았다고 해서 쉽게 내린 결정은 아니었다. 윤우는 재환이 분명 재계약 권유를 할 것이라고 예상하고 있었고, 고민을 해야 했다. 시간은 제한되어 있는데 갈수록 일이 늘어만 갔기 때문이다.

무엇보다도 미안한 마음이 앞섰다. 월급을 꼬박꼬박 받으면서도 학교생활을 우선시하다보니 출근하는 날이 극히 적었던 것이다. 직원들과의 커뮤니케이션도 대개 전화나 이메일로만 이루어졌다.

그럼에도 이재환 원장은 자신을 믿고 재계약을 하자고 권유했다. 그의 신뢰가 고마웠고, 또다시 즐겁게 일을 할 수 있다는 생각에 기분이 좋았다. 그래서 윤우는 펜을 들고 계약서에 서명할 준비를 했다.

"잠깐. 계약서는 읽어 봐야지."

재환이 손을 들어 제지하자 윤우는 펜을 멈췄다.

"갱신 계약이 아닌가요?"

"조건을 조금 바꾸었어. 읽어 보고 마음에 들면 서명하도록 해. 옛 정은 생각하지 말고."

그 말에 윤우는 계약서를 쭉 읽어 나갔다. 제일 윗부분에 있는 급여 부분에 시선이 닿자 그의 눈이 살짝 커졌다.

이전의 계약은 세금 제하고 120만 원 정도를 받았는데, 지금은 그 세 배가 넘었다. 그뿐이 아니다. 구체적인 인센티브 항목이 들어가 있어 추가 수익을 기대할 수가 있었다.

이건 정말 파격적인 조건이라고밖에 할 수가 없었다. 웬만한 정규직보다 훨씬 나았다. 시간 대비로 따지면 말이다.

윤우의 표정을 읽은 재환이 그 배경에 대해 설명했다.

"너 과외 구한다고 들었다. 그러지 말고 그 시간에 우리 회사 일이나 좀 봐 줘. 과외비 이상으로 섭섭하지 않게 챙겨 줄 테니까."

"제가 이렇게 많이 받아도 되는지 모르겠네요."

"솔직히 말하면 대학 졸업하자마자 너 이쪽으로 데려오고 싶다. 스타 강사로 만들어서 사업 한번 제대로 해보고 싶은데… 네 꿈이 워낙 확고해서 가만히 있는 거야. 알고나 있으라고. 물론 나중에 목표가 바뀌면 꼭 얘기하고."

윤우는 계약서에 서명을 했다. 그리고 계약서 한 부를 챙겨 가방에 넣었다. 어느새 담배를 꺼내 든 재환은 밖으로 고개를 까딱이며 나가자는 제스처를 취했다.

두 사람은 옥상으로 올라왔다. 여전히 밖은 더웠지만, 담배 연기를 들이켠 재환은 세상을 모두 다 가진 듯한 표정을 하고 있다.

한편 손으로 햇볕을 가리고 있던 윤우는 문득 계약서에 적힌 인센티브 항목을 떠올렸다. 계약 기간이 6개월이니, 제휴 사업에 이은 두 번째 계획을 조금 앞당겨야겠다고 생각했다.

재환이 간이 재떨이에 담배를 비벼 끌 무렵, 윤우가 입을 열었다.

"원장님. 재미있는 아이디어가 하나 있는데 한 번 해 보실래요?"

"재미있는 아이디어? 뭔데?"

재환은 바로 흥미를 보였다. 윤우의 아이디어라면 자다가도 일어날 사람이었다.

"제대로 하려면 대충 10억 정도가 필요해요. 큰 결단이 필요한 일이죠."

"뭐? 10억이나?"

고개를 끄덕인 윤우는 회심의 미소를 지었다.

NEO MODERN FANTASY STORY

뉴 라이프
NEW LIFE

Scene #22 New project

　윤우의 계획을 모두 들은 재환의 표정이 진지해졌다. 그는 담배를 하나 더 꺼내더니 불을 붙였다. 그리고 한참이나 말없이 연기를 마시고 내뱉기만을 반복했다.

　그의 본능이 말하고 있었다. 이건 분명 대박을 넘어서는 초대박의 계획이라고.

　하지만 그만큼 리스크도 컸다. 막대한 손실이 발생할 수도 있었다.

　그래서 그런지 그는 평소보다도 더욱 깊게 고민을 하고 있었다. 최근 회사가 상승세를 타고 있었다. 만약 여기에서 손실이 발생한다면 상승세가 꺾여버릴 것이다.

　지금 윤우가 제안한 것은, 제법 판돈이 크게 걸린 도박

판이나 다름이 없었다. 아무리 화끈한 성격이라고 해도 그는 명성학원이라는 배의 선장이었다. 아무렇게나 키를 놀릴 수는 없다.

'역시 고민이 길어지고 있구나. 아무래도 확신을 드릴 필요가 있겠는데?'

윤우는 이러한 상황도 미리 예견하고 있었다. 그랬기에 미리 대안을 준비해 놓은 상황이었다.

"제 모교에 가서 말씀드린 계획을 테스트해 봐도 괜찮을까요? 이번 달 상훈고등학교 학생들의 가입 수가 급증하면 계획을 긍정적으로 검토해 주셨으면 좋겠어요."

담배가 거의 다 타들어갔다. 재떨이에 비벼 끈 재환이 웃으며 고개를 끄덕였다.

"그때는 검토가 아니라 당장 실행에 옮겨야겠지. 필요한 지원은?"

"폴라베어사의 교육용 PMP 세 대. 그리고 명성학원 3개월 무료 수강권이요."

"그 정도야 일도 아니지. 내일 퀵으로 너희 집으로 보내라고 해 두마."

"감사합니다."

윤우는 자신만만한 미소를 지어 보였다. 이번 프로젝트는 반드시 성공할 수밖에 없다는 강한 확신이 그의 미소에 새겨 있었다.

◆

   집으로 돌아온 윤우는 컴퓨터를 켜고 잠시 여유를 누렸
다. 30분 정도만 쉬다가 기말고사 준비를 하기로 했다.

   '아 참, 보너스가 지급됐다고 했지? 얼마나 들어왔나 확
인해 볼까?'

   묘한 기대감이 들었다. 재환이 금액을 보고 놀라지 말라
는 말까지 했으니 꽤 큰 액수가 들어왔을 것이다.

   그래도 윤우는 크게 기대하지는 않았다. 이번 제휴 건에
결정적인 기여를 하긴 했지만 정직원이 아니었으니까.

   윤우는 인터넷뱅킹 홈페이지를 열어 계좌를 확인했다.

   '뭐야?'

   뭔가 잘못되었다는 느낌이 들었다. 계좌 잔액의 자릿수
가 하룻밤 사이에 하나 더 늘어 있었던 것이다.

   어제 확인했을 때만 해도 잔액이 5백만 원 정도였다. 월
급을 꾸준히 모아둔 것이었다. 그런데 지금은 2천 5백만
원이 넘어 있었다.

   계좌 상세내역을 확인한 윤우는 입을 벌릴 수밖에 없었
다.

   - 2003.06.07. 명성학원 입금 20,000,000

명성학원에서 2천만 원이라는 거액의 보너스를 지급한 것이다.

잠시 멍하니 모니터를 바라보고 있던 윤우는 즉시 휴대폰을 꺼내 이재환 원장에게 전화를 걸었다.

"원장님. 통화 괜찮으세요?"

– 왜 전화 안 하나 했다. 보너스 때문에 그러지? 그거 잘못 들어간 거 아니야. 맞게 지급했어.

재환이 한 발 더 빨랐다.

"왜 이렇게 많이 주신 거예요? 전 정직원도 아닌데……."

수화기 너머로 재환의 웃음소리가 들렸다.

– 하하하! 많다니? 이번 대박의 주인공에게 그 정도면 적당한 거지. 부담 갖지 말고 써라. 내년에 동생 대학 보낸 다면서. 난 이제 미팅 들어가야 돼. 그럼 이만 끊자.

전화가 끊겼다. 윤우는 작게 웃으며 휴대폰을 책상에 올려두었다.

뜻하지 않은 거금이 생겼다. 누군가에게 2천만 원은 적은 돈이겠지만 힘들게 시간강사 생활을 해 왔던 윤우에겐 큰돈처럼 느껴졌다.

윤우는 침대에 누워 그 돈의 사용계획을 머릿속으로 생각해 보았다. 재환의 말대로 내년 동생의 학비로 쓸 것이지만, 다른 데에도 분명 쓸 데가 있을 것이다.

적당히 계획을 세운 윤우가 거실로 나왔다. 어머니가 분주하게 움직이며 저녁 준비를 하고 있었다. 예린이는 학원에 갔는지 보이지 않았다.

윤우는 곧장 안방으로 가 옷장을 슬쩍 열었다. 아버지도 오늘 근무였기 때문에 방 안에는 아무도 없었다.

'역시……'

제대로 된 옷이 별로 없었다. 외출복으로 쓰는 것도 추레한 느낌이 드는 것들이었다. 옷장을 닫은 윤우는 다시 거실로 나와 어머니에게 말했다.

"어머니. 잠깐 저랑 밖에 좀 나가요."

"나가자고? 무슨 일인데?"

"오늘 회사에서 보너스 나왔거든요. 어머니 옷이나 한 벌 사 드리려고요. 백화점에 가요. 마음에 드는 걸로 한번 골라 보세요."

그 말에 어머니는 놀라면서도 기쁘게 웃었다. 아들의 마음 씀씀이가 고마웠던 것이다.

변변치 못하게 키웠는데도 아들은 훌륭하게 공부를 해 한국대에 입학했다. 어린 나이에 직장도 얻었고, 이렇게 보너스를 탔다고 옷을 사주겠다고 하니 대견하기 그지없었다.

"엄마 옷 많아. 그러지 말고 가서 예린이 옷이나 한 벌 사 줘라."

"에이, 그러지 말고 어서 가요. 어서요."

윤우는 어머니를 강제로 끌고 나가다시피 했다. 결국 어쩔 수 없이 윤우의 어머니는 아들을 따라 옷을 사러 나갔다.

백화점에서 옷을 두 벌 사니 몇 십만 원이 금방 사라졌다. 하지만 어머니가 기뻐하는 모습을 보니 윤우는 돈이 전혀 아깝지 않았다.

"그런데 이렇게 비싼 옷을 입어도 되는 건지 모르겠구나."

윤우의 어머니는 웃으면서도 가격이 계속 신경이 쓰이는 모양이었다. 역시 어머니답다고 생각이 들었다. 윤우는 고개를 가로 저었다.

"다음에 더 비싸고 좋은 옷 사 드릴게요."

"말이라도 고맙다. 아들."

"말만 그런 거 아녜요. 진짜예요. 이번에 월급도 올랐어요. 인센티브도 받게 됐고."

"잘 모아뒀다 너 장가 갈 때나 써라. 엄마가 이것저것 해줘야 하는데 그러지 못하니……."

윤우의 어머니는 늘 부족하게 살아왔기 때문에 이렇게 비싼 옷을 입어본 적이 없었다. 입고 싶어도 두 자식들이 눈에 밟혀 돌아서야 했던 그녀였다.

만약 윤우가 회귀를 하지 않았더라면 그런 어머니의 마

음을 몰랐을 것이다. 하지만 이제 윤우는 안다. 부모님이 자신을 위해서 얼마나 희생하며 살아오셨는지를.

윤우는 어머니의 손을 꼭 잡았다. 그리고 어머니에게 미소를 지어 보였다. 이제는 아무 걱정 하지 말라는 듯이.

바로 아래층 남성복 코너에 들러 아버지의 바지와 재킷도 하나씩 산 윤우는 어머니와 함께 집으로 돌아왔다.

생각해 보니 어머니와 쇼핑을 나간 것은 정말 오랜만인 것 같았다. 이렇게 간단하고 쉬운 일인데 그동안 해 드리지 못했다는 생각이 드니 마음 속 깊이 죄송한 마음이 들었다.

"저녁이나 같이 먹자꾸나. 예린이는 오늘도 늦으려는 모양이야."

"예, 어머니."

맛있게 저녁을 먹은 윤우는 다시 외출 준비를 했다. 그리고 근처에 있는 악세서리 전문점에 가서 은으로 된 커플링을 하나 구입했다.

'아직 학생이니까 비싼 건 필요 없겠지. 졸업하고 나서 제대로 된 걸 해 줘야겠다.'

반지는 내일 전해주기로 결정했다. 뜬금없이 불러내서 반지를 주는 건 좀 그랬다. 윤우는 다시 집으로 돌아와 책을 펴고 공부에 열을 올렸다.

◆

한국대학교의 1학기 기말고사가 코앞까지 다가왔다.

월요일 오후 첫 강의인 문학개론이 끝나자 윤우는 짐을 챙겨 슬아와 함께 강의실을 나섰다. 오늘이 시험을 제외하고 마지막 강의였다. 그래서인지 홀가분한 기분이 든다.

윤우와 슬아 둘 다 목적지가 과실이었기 때문에 인문관까지 함께 걸었다.

하이힐을 신고 적당히 노출시킨 패션의 슬아는 가는 곳마다 주목을 받았다. 이미 그녀는 '영문과 여신'이라는 별명으로 불리고 있었다.

대학신문 익명 제보란에 기사가 올라온 것이 시작이었다. 이후 한국대학교 인터넷 커뮤니티에 슬아에 대한 소문이 급속히 확산되었다.

그녀가 자주 나타나는 장소가 거론되었고, 몰래 사진을 찍는 학생들도 생겼다. 심지어는 그녀가 어떤 수업을 듣는지에 대한 정보글도 올라오는 상황이다.

그러다 보니 엉뚱하게도 윤우의 피로도가 자연스레 상승했다. 슬아와 자주 어울리는 것을 포착한 선배들이 그녀를 소개해 달라고 졸랐던 것이다.

물론 윤우는 그 누구에게도 슬아를 소개해 주지 않았다.

아니, 못했다. 슬아가 누군가의 소개를 받는 것을 혐오한다는 사실을 잘 알고 있었기 때문이다.

"시험은 언제 끝나니?"

슬아가 지나가듯 물었다. 도도한 시선은 윤우의 손가락에 고정되어 있다. 햇볕에 빛나는 은색 반지가 아까부터 신경이 쓰였다.

"다음 주 금요일에 끝나긴 하는데 리포트가 남아서 끝나도 끝난 것 같지가 않을 것 같다. 넌?"

"나도 금요일. 시험보다 종강총회가 걱정이야. 어떤 핑계를 대고 빠질까 고민 중."

"웬만하면 가지 그래?"

슬아는 인상을 찡그렸다. 과 행사 자체에 거부감은 없었지만, 그녀는 술을 별로 좋아하지 않았다. 무엇보다도 술자리만 되면 꼭 추근대는 사람들이 있어 마음이 편하지 않았다.

"그나저나 공부는 좀 했니? 너라면 역시 장학금을 노리고 있을 것 같은데."

"쉽지 않아. 학점 따기가 너무 어렵다. 똑똑한 애들이 너무 많아서."

전공이면 모를까, 아직 윤우는 1학년이라 전공보다는 교양 위주의 수업을 들어야 했다. 전국의 수재들이 한 곳에 모였으니 그만큼 경쟁이 치열할 만했다.

하지만 윤우의 중간고사 성적은 대단히 준수했다. 평점 평균 4.42. 기말고사만 잘 치르면 장학금을 기대해 봐도 좋을 성적이었다.

자하당 근처를 지나가다 슬아의 시선이 살짝 움직였다. 나무 밑 그늘에 잠긴 벤치 하나가 보였다. 문득 일전에 윤우와 가연이가 다정히 앉아 있던 그 장면이 떠올랐다.

"시원해 보인다."

뜬금없이 던져진 슬아의 말에 윤우가 그녀를 바라보았다. 동시에 그녀가 제안했다.

"저기 벤치에 잠깐 앉았다 갈까?"

윤우가 난처한 표정을 지었다.

"미안한데 좀 바빠서. 과실에 들렀다가 바로 어디 가야 하거든."

"그래?"

슬아는 별것 아닌 듯이 대답했지만 표정을 굳혔다. 볼이 살짝 부풀었다. 하지만 남이 보기에 변화를 눈치챌 만큼 뚜렷하진 않았다.

그렇게 두 사람은 인문관 4층에서 헤어졌다. 선배들에게 인사하며 과실로 들어온 윤우는 사물함을 열었다. 그리고 미리 준비해 둔 쇼핑백을 꺼냈다.

쇼핑백 안에는 폴라베어사의 교육용 PMP 세 개가 들어

있었다. 봉투에는 무료 수강권도 들어 있었다. 내용물을
다시 점검한 윤우는 사물함을 닫았다.

"김윤우. 수업 끝났어?"

과실로 들어온 승주가 물었다. 돌아서 보니 정소영과 함
께였다. 요즘 들어 두 사람이 붙어 다니는 시간이 부쩍 많
아진 느낌이다. 수상했다.

윤우는 고개를 끄덕였다.

"다 휴강이야. 시험 전이니까."

"날도 더운데 이따 술 한잔 할까?"

"다음에. 지금 어디 좀 가 봐야 해서."

그때 정소영이 끼어들었다.

"윤우는 늘 바쁘네. 데이트?"

"아니. 오랜만에 모교에 좀 다녀올 생각이야. 볼일이 좀
있거든."

"흐응, 그럼 어쩔 수 없지. 김승주. 그럼 우리 둘이 마실
까?"

"둘이?"

소영의 갑작스런 제안에 승주가 난처한 표정을 지었다.
윤우는 속으로 혀를 찼다. 승주는 순진한 편이라 표정 관
리를 잘 하지 못한다.

두 사람의 관계는 자신이 참견할 일은 아니었기에 윤우
는 일단 작별을 고하고 과실을 나섰다.

시계를 보니 오후 3시가 거의 다 되었다. 조금 서두를 필요가 있었다.

그렇게 버스를 타고 지하철에 오른 윤우는 약 40분 뒤에 모교인 상훈고등학교에 도착했다.

윤우는 센스 있는 선배였다. 들어가기 전에 주스와 과자를 잔뜩 샀다.

상훈고등학교는 변한 게 하나도 없었다. 오랜만에 모교에 발을 들인 윤우는 잠시 멈춰서 주변을 둘러보았다. 하교를 하는 학생들로 주변이 북적거렸다.

'약속시간까지는 조금 남았지만, 먼저 가 볼까?'

윤우는 그 길로 학생회실을 찾았다. 문은 열려 있었다. 현 학생회장에게 오늘 찾아가겠다고 미리 운을 띄워 놓았기 때문에 후배들이 안에서 기다리고 있었다.

"선배님!"

"오빠!"

두 살 차이일 뿐인데, 반가운 미소로 이쪽으로 달려오는 학생회 임원들이 애들처럼 보였다. 윤우는 손을 슬쩍 들어 인사를 했다.

"오랜만이다. 얼굴을 보니 다들 잘 지낸 것 같네."

"정말 오랜만이에요."

학생회장 한명수가 윤우의 악수를 받았다. 그는 윤우가 학생회장일 때 홍보부장을 맡았던 후배였다. 옆에 있는 여학생은 서기였던 진서림. 꽤 귀여운 후배다.

홍보부장과 서기를 했던 학생이 각각 학생회장과 부학생회장에 당선되는 것이 어느덧 상훈고등학교의 전통이 되어 가고 있었다. 윤우도 홍보부장을, 슬아도 서기를 맡았으니까.

한명수가 친근하게 대꾸했다.

"그런데 저희들보다 선배님 얼굴이 훨씬 더 환해진 것 같은데요?"

"말도 마. 다음 주 시험이야. 죽을 맛이다."

"와, 시험을 벌써 봐요? 대학교는 별로 안 좋네요."

"대신 너희들보다 방학이 두 배는 더 길지."

"별로 안 좋다는 말 취소입니다!"

조용하던 학생회실에 한바탕 웃음이 터졌다. 그렇게 윤우와 명수, 서림은 자리에 앉아 본격적으로 이야기를 시작했다.

"내가 부탁한 건 잘 됐어?"

한명수는 고개를 끄덕였다.

"물론이죠. 이따가 다들 이곳에 모일 겁니다. 그런데 선배, 전교 1등 애들은 왜 부르시는 거예요?"

"좀 부탁할 게 있거든."

짧게 답한 윤우는 미소를 지어 보였다.

◆

1학년 전교 1등과 2학년 문과, 이과 각 계열별 전교 1등이 학생회실로 들어왔다. 1학년은 여학생이었고 2학년은 둘 다 남학생이었다.

윤우는 교복을 입고 있지 않았기 때문에 세 학생은 바로 그에게 인사를 했다. 윤우가 누구인지는 학생회장을 통해 대강 전해들은 바가 있었다.

"안녕하세요, 선배님."

"안녕하세요."

윤우는 손을 들어 그들을 반갑게 맞았다.

"어서 와. 이쪽으로 와서 앉아. 진서림. 애들 마실 음료수 좀 준비해 줄래?"

서림이 즉시 일어나 윤우가 사온 음료수를 컵에 따라 아이들에게 나눠 주었다. 물론 윤우의 것도 있었다.

자리에 앉은 우등생들은 조금 긴장한 표정을 지었다. 선배가, 그것도 졸업한 사람이 자신들을 왜 불렀는지 도무지 알 수 없었기 때문이다.

"명수에게 내 이야기는 대강 들었을 테니 본론만 간단히 말하마. 영양가 없는 이야기로 너희들의 시간을 뺏고 싶진 않거든. 혹시 너희들, 명성학원이라는 곳을 알고 있어?"

모두가 고개를 끄덕였다. 상훈고등학교에서 명성학원을 모르는 아이들은 거의 없었다. 그 지역에서 제일 유명한 학원이었으니까.

"거기에서 인터넷 강의 서비스 하고 있는 거 아는 사람?"

1학년 전교 1등 학생이 슬쩍 손을 들었다. 그 여학생은 현재 인터넷으로 수학 단과 강의를 듣고 있다고 했다. 물어보니 이재환 원장 직강이었다.

"그럼 이야기가 빠르겠네. 난 명성학원에서 홍보 모델로 활동하고 있어. 장학생이기도 했고. 이번에 명성학원에서 장학 프로그램으로 전교 1등 학생들에게 교육용 PMP와 무료 수강권을 선물하기로 했거든. 그래서 너희들을 부른 거야."

세 아이들의 눈이 빛났다. PMP는 꽤 고가의 장비였으니까. 게다가 명성학원 무료 수강권을 그냥 준다니 귀가 솔깃할 만했다.

"혹시 선물을 받는 대신 뭔가 해야 하는 게 있나요?"

2학년 이과 1등이 물었다. 확실히 똑똑한 아이들이라 그런지 날카로운 면이 있었다.

"물질적인 대가는 없어. 학원에 강제로 가입하는 것도 아니고 통장에서 돈이 빠져나가는 것도 아니야. 다만 부탁하고 싶은 게 한 가지 있어."

"어떤 부탁이죠?"

잠시 대답을 미룬 윤우가 쇼핑백에서 PMP와 무료 수강권이 든 봉투를 꺼냈다. 그리고 학생들에게 하나씩 나눠주었다.

"간단해. 너희들이 학교에서 PMP로 강의를 듣는 모습을 다른 친구들에게 보여 주기만 하면 돼."

부탁이라는 말에 다들 긴장했지만, 의외로 쉬운 부탁이 나오자 다들 눈을 동그랗게 떴다.

"정말 그것만 하면 돼요?"

"물론이야. 같이 준 수강권은 명성학원에서 서비스하는 모든 강의를 들을 수 있는 수강권이니 유용하게 쓸 수 있을 거다. 대신 다른 사람에게 주면 안 돼. 알겠지?"

"감사합니다. 잘 쓸게요 선배님."

윤우는 흡족하게 웃으며 고개를 끄덕였다. 그렇게 우등생 세 명은 학생회실을 빠져나갔다.

윤우도 자리에서 일어섰다. 그러자 학생회장 한명수와 부학생회장 진서림도 따라 일어났다.

"나도 이만 가야겠다. 애들 불러주느라 고생 많았어."

"아녜요, 선배님. 도움이 필요하시면 언제든 연락 주세요."

"간식 맛있게 먹을게요."

"그래. 다음에 또 보자."

목적을 달성한 윤우는 홀가분한 마음으로 상훈고등학교를 나섰다. 은사님들을 만나볼까 했지만 시간이 부족해 교무실은 다음에 들르기로 했다.

'생각보다 일이 쉽게 풀렸어. 좋은 예감이 든다.'

학생들의 입장에서는 전혀 손해 볼 것이 없었기 때문에 그들은 윤우의 제안을 받아들였다.

명성학원은 최근 인터넷 상에서 질 높은 강의로 주가를 올리고 있었다. 우수한 강사진과 품질 높은 인터넷 강의로 입소문을 타고 있는 것이다.

윤우가 노리는 것은 바로 그 점에 있었다. 명성학원은 굉장히 우수한 교육 콘텐츠를 보유하고 있었다. 즉, 소문이 퍼지면 순식간에 성장할 수 있는 동력을 갖추고 있는 셈이다.

결국 윤우는 보다 인지도를 높이기 위해 일종의 바이럴 마케팅을 선택한 것이다. 전교 1등처럼 공부로 주목받는 학생들에게 PMP와 무료 수강권을 제공하는 것으로 말이다.

공부에 관심이 있는 학생들과 학부모들은 늘 상위권 학생들의 공부습관을 벤치마킹한다는 점에서 착안한 아이디어였다. 투자만 제대로 된다면 성공확률이 매우 높았다.

'일단 학생 수가 많은 중고등학교를 선별해서 기계를

뿌려야 하는데… 지역별로 동시다발적으로 움직이려면 영업인원도 확충해야겠는데?'

윤우는 인터넷사업팀 사무실로 이동하며 후속 대책을 생각해 보았다. 실험 결과는 한 달 뒤에 나올 것이다. 그안에 치밀하게 준비를 해야 실제 사업에 바로 적용할 수 있다.

사무실에 도착하니 직원들이 모두 바쁘게 움직이고 있었다. 월요일이라 피곤해 보일 만도 했는데, 다들 눈에 불을 켜고 열심히 일하는 중이다.

넷 중 셋이 전화기를 붙들고 있다. 윤우는 통화를 하지 않고 있는 유일한 사람, 정 팀장에게 고개를 숙여 인사했다.

"안녕하세요. 팀장님."

"어서 와라. 매번 이 시간에 나타나니까 직원이 아니라 손님 같네."

윤우는 웃으며 정 팀장의 농담을 받았다. 그리고 차 대리의 옆자리에 앉았다. 그녀는 수화기를 귀에 댄 채 손을 들어 인사를 대신했다.

컴퓨터를 켜고 서류를 정리할 무렵, 자리에서 일어선 정 팀장이 다가와 윤우에게 말을 걸었다.

"듣자하니 또 사고 하나 크게 쳤다던데?"

벌써 윤우의 계획이 정 팀장의 귀에까지 들어간 모양이

었다. 하긴, 그럴 만도 했다. 인터넷 강의 사업 관련 책임자가 바로 그였으니까.

"벌써 들으신 모양이네요. 사실 꽤 오래 전부터 세워둔 계획이에요. 성공할 자신은 있습니다."

"도대체 그렇게 좋은 아이디어는 어디서 가져온 거야? 널 보고 있으면 말이지, 마치 미래에서 온 사람 같다는 느낌이 들 때가 있어. 다음에 시간 나면 복권이나 하나 사다 줘라."

"그 정도야 얼마든지 해 드릴 수 있죠."

이제는 제법 능청스러워진 윤우였다. 그는 자연스럽게 정 팀장과 농담을 주고받았다.

잠시 후 차 대리가 통화를 끝내자 인터넷사업팀 회의가 시작되었다. 회의 주관은 정 팀장이 했고, 차 대리가 나서서 윤우가 제안한 내용을 브리핑했다.

"지금 세운 계획대로라면 7월 초에 바로 프로젝트 진행할 수 있겠는데요. 다만 문제가 있어요. 조금 치명적인 문제인데… 영업 인력을 얼마나 동원하는 것이냐가 걸리네요. 단순 계산했을 때 지역별로 아이들 섭외하고 기계를 뿌리려면 적지 않은 인원이 필요하거든요. 전국에 학교가 한두 개 있는 게 아니라서."

주말에 놀고만 있지는 않았는지 차 대리가 나름 예리하게 문제점을 지적하고 나섰다. 정 팀장은 고개를 끄덕였다.

"확실히 그럴 수 있겠군. 단기 프로젝트라 많은 인원을 고용하는 건 현실적으로 어렵지. 대안이 필요하겠어."

회의실이 일순 조용해졌다. 모두가 생각에 잠겼고, 윤우도 손가락으로 테이블을 툭툭 치며 다양한 방법을 떠올려 보았다. 하지만 좋은 방법이 금방 떠오르진 않았다.

"직접 학교에 찾아가 공부 잘하는 애들을 찾는 것도 어렵고. 결국 학교 선생들의 도움을 받아야 할 수밖에 없을 것 같은데요?"

차 대리가 현재 상황을 정리했다. 가만히 듣고 있던 윤우는 고개를 끄덕였다. 그녀의 말대로 쉽지 않은 문제였다.

그렇게 애꿎은 시간만 흘러갔다. 몇 가지 아이디어가 나왔지만 그 때마다 실효성이 없다는 판단이 내려졌다. 그랬기에 갈수록 직원들의 자세가 수비적으로 변했다.

"잠깐 쉬었다 하는 게 좋겠어. 10분간 휴식."

정 팀장의 말에 다들 한숨을 내쉬었다. 차 대리는 답답했는지 한숨소리가 제일 컸다.

"아 참, 공부 잘하는 애들 리스트만 있으면 딱인데 말이죠. 여기에서 일괄적으로 배송하면 직접 찾아가는 부담도 덜 거고요. 뭔가 방법이 없을까요?"

"배송……."

차 대리의 말에서 힌트를 얻은 윤우의 눈이 반짝였다.

"잠깐만요. 생각해 보니까 굳이 우리가 기계를 들고 학교에 찾아갈 필요는 없지 않아요?"

"그게 무슨 말이야?"

"구체적으로 이야기 해봐."

일어선 직원들이 도로 자리에 앉았다. 그리고 모두의 시선이 윤우 쪽으로 쏠렸다. 윤우는 잠시 뜸을 들이며 생각을 정리했다. 이윽고 일련의 계획의 그의 입에서 흘러 나왔다.

"각 학교에 팩스로 협조문을 보내는 거예요. 학년별 1등에게 교육용 PMP와 무료 수강권을 제공한다고."

"협조문? 흐음, 그럴 거면 차라리 신문 광고나 방송으로 내보내는 게 낫지 않을까?"

차 대리의 반문에 윤우는 단호하게 고개를 가로 저었다.

"그건 좀 위험해요. 1등에게만 준다고 하면 반발심리가 작용할 겁니다. 상대적으로 차별받는 분위기가 조성될 위험이 있어요."

정 팀장이 고개를 끄덕여 동의했다.

"윤우의 말이 맞아. 1등뿐만 아니라 꼴등도 우리의 잠재적 고객이라는 점을 잊으면 안 돼. 이런 건 가급적 비공개로 접근하는 게 좋지."

정 팀장은 사교육 업계에서 경력이 풍부한 사람이었다.

그는 윤우의 의견에서 한 발자국 나가 보다 현실적인 방안을 내놓았다.

"그런데 공문을 보내도 거부하는 학교들이 꽤 있을 거야. 그 경우는 학습지 출판사에 도움을 구하는 것도 방법이 되겠지. 각 학교마다 커넥션이 있으니까. 아무튼 좋아. 차 대리와 윤우는 방금 나온 아이디어를 조금 더 구체화시켜보도록 해."

"알겠습니다."

시계를 한 번 바라본 정 팀장은 노트를 덮었다.

"오늘 회의는 여기까지 하지. 슬슬 저녁시간도 됐고. 아 잠깐. 끝내기 전에… 이번 계획은 철저히 대외비로 다뤄져야 한다는 점 잊지 말아줬으면 좋겠어. 이번 계획이야말로 우리 회사의 사활을 걸어야 해. 그러니 다들 정신 똑바로 차려."

"네!"

모두가 한 뜻으로 고개를 끄덕였다. 그렇게 회의실에서 나온 직원들은 함께 저녁 식사를 하러 밖으로 나갔다. 윤우도 오랜만에 직원들과 어울렸다.

NEO MODERN FANTASY STORY

뉴 라이프
NEW LIFE

Scene #23 그럴듯한 일상

Scene #23 그럴듯한 일상

윤우는 매일 매일 명성학원 인터넷 강의 가입자 현황을 체크했다. 전국 현황을 볼 필요는 없었기 때문에, 필터링 기능을 이용해 상훈고등학교에서 가입한 학생들의 숫자만 파악했다.

처음엔 별 반응이 없었다. 그런데 일주일이 지나는 순간부터 가입자가 조금씩 증가하기 시작하더니, 10일째 되는 날부터는 뚜렷한 변화를 감지할 수 있을 정도로 가입자 수가 늘었다.

중요한 부분은 3학년 학생들의 증가율이었다. 윤우는 의도적으로 PMP 증정에서 3학년 학생들을 배제했다. 다른 학년과 가입률 비교를 위한 일종의 '조작변인'인 것이다.

3학년 학생들의 증가율은 평이했다. 1학년과 2학년의 증가세가 가파른 것에 비해 완만한 증가세를 보였다. 그 데이터가 말하는 바는 분명했다.

'역시 예상했던 대로야. PMP를 뿌린 효과가 있었어.'

모니터를 보던 윤우는 미소를 지었다. 이대로만 나와 준다면 한 달 뒤 자신의 계획을 실제 사업으로 진행할 수 있게 된다. 하지만 지금 이 순간 윤우에게 중요한 것은 사업이 아니었다.

'그 전에 시험공부부터 해야지. 시험이 끝난 다음 고민해도 늦지 않아.'

프로그램을 종료시킨 윤우는 다시 책상으로 돌아와 교재를 펼쳤다. '동서양 철학의 이해'라는 과목의 교재였는데, 내일 치를 마지막 시험이었다.

윤우는 의도적으로 자신에게 유리한 인문학 관련 과목을 수강했다. 문학과 철학에 관련된 수업으로 말이다. 아무리 윤우가 전생에 박사까지 마쳤다고 해도 이공계 교양을 듣는다면 성적을 따기가 상대적으로 어려울 것이다.

얼마나 시간이 지났을까. 노크가 들리더니 문이 딸칵 열렸다. 고개를 돌리니 예린이가 타블렛을 품에 안고 있는 모습이 보였다.

"오빠, 컴퓨터 좀 써도 돼?"

"그래. 근데 오늘은 일찍 왔네?"

"과제가 있거든."

총총 걸어온 예린이는 조용히 컴퓨터 앞에 앉아 타블렛을 설치했다. 혹여 오빠에게 방해가 되지는 않을까 조심하는 모습을 보니 절로 미소가 지어졌다.

'예린이 방에 컴퓨터를 새로 놔주는 게 좋겠는데? 생각난 김에 주말에 용산에 나가봐야겠어.'

저번 주에 명성학원에서 지급한 보너스를 제외하더라도 동생 컴퓨터 하나 장만해 줄 정도의 여유는 있었다.

"김예린. 컴퓨터 쓰는 거 불편하지 않아? 매번 내 방에 와야 하니까."

"별로 불편한 건 없어. 오히려 불편한 건 오빠겠지. 내가 자꾸 들락날락하면 야한 걸 못 보니까."

"……."

윤우는 씁쓸한 표정을 지었다. 요즘 들어 동생이 잘 나가다가 꼭 마지막에서 어긋날 때가 있었다. 지금처럼 말이다.

그래도 대한민국에서 최고 상전 중 하나라는 고3이니 윤우는 한발 물러서기로 했다.

"오빠가 컴퓨터 하나 사줄까 하는데 어때? 너도 앞으로 컴퓨터 쓸 일이 많아질 거 아냐."

"진짜? 사주면 나야 좋지! 오빠 요즘 돈 벌더니 통 커졌구나."

"통은 무슨. 주말에 사올 테니까 그렇게 알고 있어라."

예린이는 활짝 웃으며 고개를 끄덕거렸다. 정말 기분이 좋은 모양이었다. 쪼르르 달려와 윤우의 어깨를 주물러 주기까지 했다.

"그런데 오빠는 시험 아직 안 끝났어?"

"내일 끝나."

"가연 언니는 오늘 끝난다고 하던데. 대학도 시험 기간이 다 다른가 보네."

"대학마다 다르기도 하고 같은 학교라도 학생별로 또 달라. 어떤 과목을 신청했느냐에 따라 다르거든."

"그렇구나. 아, 나도 어서 빨리 대학생이 되고 싶다. 이 지긋지긋한 수험생 시절은 언제 끝나는 건지……."

애늙은이처럼 투덜거린 동생은 의자에 앉아 디지털 펜을 쥐었다. 그리고 간단히 그림을 그리며 손을 풀었다. 피식 웃은 윤우는 시선을 돌려 다시 교재를 읽기 시작했다.

하지만 집중이 오래 가지를 못했다. 윤우는 잠시 책에서 시선을 떼고 창밖을 바라보며 생각에 잠겼다. 예린이가 가연이 이야기를 한 덕분이었다.

'지금쯤 한창 술 마시고 있으려나?'

가연이는 오늘 시험을 끝내고 과 선배들과 같이 어울린다고 했다. 그녀는 술을 잘 하지 않았지만, 거절은 못하는 타입이라 선배들의 제안을 물리치지 못한 것 같다.

신입생이기 때문에 그런 면도 확실히 있었다. 아직 선배들이 어렵게 느껴질 시기니까. 그렇다고 윤우가 가연의 대학 생활까지 참견할 수는 없는 것이었다.

'벌써 저녁 9시가 다 돼 가는데 연락이 없네.'

시계를 보며 표정을 굳힌 윤우는 휴대폰을 들고 메시지가 온 게 없나 확인했다.

아무것도 없었다.

'왠지 걱정이 되는데. 전화나 한 번 해 볼까?'

지금쯤이면 문자가 한두 개는 와 있어야 정상이었다. 왠지 꺼림칙한 기분이 든 윤우는 거실로 나갔다. 그리고 소파에 비스듬히 누워 가연에게 전화를 걸었다.

- 여보세요?

윤우는 살짝 놀랐다. 수화기에서 들려온 것은 낯선 남자 목소리였다.

택시에서 내린 윤우는 곧장 달려 백은대학교 정문을 통과했다. 이곳은 전생에서 수십 년간 생활한 곳이다. 지리는 훤히 꿰고 있었다.

윤우의 목적지는 행정학과 건물 앞 계단이었다. 가연은 현재 선배와 함께 그곳에 있다고 했다. 전화를 받은 사람은 가연의 2학년 남자 선배였다.

백은대학교는 캠퍼스가 굉장히 작았기 때문에 금방 목적지에 도착할 수 있었다. 윤우는 선명한 주홍빛 조명 아래에서 나란히 앉아 있는 세 사람을 발견했다.

'그나마 다행이네.'

걱정과는 달리 가연을 부축해 주는 여학생이 하나 더 있었다. 윤우가 가연의 이름을 부르며 서둘러 계단을 올라가자 여학생이 가연을 부축해 일으켰다.

"윤우야!"

가연이가 반가운지 애교 섞인 큰 소리를 냈다. 평소에 조용한 그녀답지 않은 행동이었다. 여자 선배의 품에서 벗어난 가연은 윤우의 품에 안겼다.

윤우가 두 사람을 향해 고개를 살짝 숙였다.

"폐 많이 끼쳤습니다. 아까 전화 드린 가연이 남자친구입니다."

"안녕하세요. 가연이 선배에요."

여자 선배는 어색하게 웃으며 고개를 슬쩍 숙여 보였고, 남자 선배가 나서며 윤우에게 말했다.

"가연이가 술을 많이 마셨어요. 평소에 잘 안 마시는 아이인데 시험이 끝나서 그런지 긴장이 풀렸나 봐요."

"그랬군요. 아무튼 챙겨 주셔서 감사합니다."

하지만 윤우는 냉정한 시선으로 그를 바라보았다. 변명이라고 생각했다. 긴장이 풀린다고 해서 술을 많이 마시거나 하는 아이는 아니다.

무엇보다도 그 남자 선배는 윤우도 잘 알고 있는 얼굴이었다. 이름이 한민규였던가. 전생에 가연이를 집요하게 쫓아다녔던 선배 중 하나다.

민규가 말했다.

"놀라셨죠? 전화를 제가 받아서. 마침 가연이 부모님께 전화를 드리려고 할 때였거든요."

"괜찮습니다. 학교 다니다 보면 많이 마실 때도 있는 거죠."

"그나저나 평소에 가연이한테 말 많이 들었습니다. 한국대 다니신다고요? 정말 좋은 사람이라고 자랑 많이 하더라구요. 자기에게 너무 아까운 사람이라고……."

그가 내뱉은 마지막 말에 윤우는 왠지 기분이 나빠졌다. 말로 형언할 수 없는 불쾌한 느낌이 들었다.

생긴 것대로 논다는 말은 적어도 한민규 앞에서는 통했다. 얼굴이 반지르르한 게 여자깨나 꼬시고 다녔나보다.

"아깝긴요. 가연이야말로 저한테 아까운 사람이죠."

"그러게요."

지나가듯 흘러나온 민규의 말에 여자 선배가 당황했다.

"민규 너 왜 그래? 취했어? 에이, 아니에요. 두 사람 정말 잘 어울려요."

"아, 죄송하군요. 제가 좀 취했나 봅니다. 하하하."

한민규는 그저 씨익 웃기만 했다. 오랜 경험이 있는 윤우는 그 미소의 정체를 알 것 같았다.

윤우는 그 남자 선배가 초면에 지나치게 말이 많다고 생각했다. 술이 들어가서 그런 것인지, 아니면 가연이에게 관심이 있어서 그런 것인지.

'둘 다겠지. 과거의 일이 그대로 반복되려 하는 거구나.'

씁쓸히 웃은 윤우는 한민규에게 몇 마디 충고를 건네주고 싶었지만 그만두었다. 어쨌든 가연이를 챙겨준 선배들이었다. 윤우는 적당히 고맙다는 말을 남기고 돌아섰다.

윤우는 길을 걸으며 헝클어진 가연이의 머리카락을 잘 다듬어 주었다.

"이봐요. 정가연 씨. 좀 괜찮습니까?"

"으응…… 나 별로 안 마셨어."

가연은 두 눈을 감으며 잠꼬대하듯 대꾸했다. 그 귀여운 모습에 윤우는 한차례 웃었다.

"그런 사람치고는 걸음걸이가 엉망이잖아."

"다리에 힘을 못 주겠어."

윤우는 즉시 한쪽 무릎을 꿇고 등을 보였다.

"자, 업혀."

윤우는 가연을 훌쩍 업고 정문 쪽으로 천천히 걸어갔다. 가연은 아기 고양이가 이불 속을 파고드는 것처럼 윤우의 목을 꼭 끌어안았다.

문득 정문 왼편으로 환한 조명에 둘러싸인 박물관이 보였다. 한옥 형태로 지어진 커다란 건물이었는데, 조명을 받으니 마치 고궁에 온 것 같은 그윽한 느낌이 드는 곳이었다.

갑자기 옛날 생각이 난 윤우는 잠시 멈춰 섰다.

"가연아. 저기서 좀 앉았다 갈래?"

"응. 속 안 좋아."

윤우는 방향을 바꿔 박물관 앞 계단으로 향했다. 이윽고 두 사람은 계단에 나란히 앉았다. 가연은 윤우의 어깨를 기댄 채 눈을 감았다.

그 앞으론 잔디밭이 펼쳐 있었다. 시험이 끝난 몇몇 무리들이 돗자리를 깔고 모여 앉아 술을 마시며 노래를 부르고 있다. 만약 자신이 백은대학교로 다시 진학했다면 저 무리에 끼어 있었을지도 모르는 일.

"속 많이 안 좋으면 약 사다 줄까?"

"괜찮아. 이대로 좀 쉬면……."

가연은 이제 아예 몸을 못 가눴다. 윤우가 와서 긴장이 완전히 풀린 것이다.

시간을 확인하니 오후 10시가 조금 넘어 있었다. 시간이 시간인 만큼, 일단 윤우는 가연이의 어머니에게 전화를 걸었다.

평소에도 가끔 안부를 묻곤 했기 때문에 가연의 어머니는 살갑게 윤우의 전화를 받았다. 윤우는 현재 상황을 설명하고, 좀 있다 가연을 데려다 주겠다고 전했다.

– 윤우가 있어서 정말 든든하구나.

"별말씀을요. 가연이 잘 데리고 갈게요. 너무 걱정하지 마시고요."

가연의 어머니는 이제 완벽하게 윤우를 신뢰하고 있었기 때문에 흔쾌히 고맙다고 말했다. 안심하는 목소리를 들으니 윤우는 가연이를 데리러 나오길 잘했다고 생각했다.

"근데 왜 이렇게 술을 많이 마신 거야? 선배들이 억지로 먹였어?"

"그런 것도 있고…… 오늘따라 술이 잘 들어갔어."

"오늘따라 술이 달달했지?"

그녀가 고개를 끄덕거리자 윤우는 가연의 뺨을 살짝 꼬집었다.

"아파아!"

"엄살은. 너 알고 보니 완전 술꾼이었구나. 나보다 잘 마시는 거 아냐?"

"아니야아!"

윤우는 피식 웃었다. 전생에서도 몇 번 보긴 했지만, 가연이 술에 취하면 꽤 적극적인 성격이 된다. 그래서 그때도 늘 이렇게 놀리곤 했다.

"나 내일 시험 있는 거 알지? 시험 못 보면 네 탓인 줄 알아."

"맞다. 시험. 미안해……."

가연은 울상을 지었다. 그러더니 윤우를 꼬옥 안았다. 체구의 차이가 있었기 때문에 안았다기 보다는 안겼다는 표현이 더 정확할 것 같다.

그렇게 두 사람은 은은한 조명 아래에서 조용히 시간을 보냈다.

다음 날, 윤우는 1학기의 마지막 시험을 치렀다. 당연히 가연이를 늦게까지 챙겨 주느라 공부를 만족스럽게 할 수는 없었다. 하지만 윤우는 자신이 있었다.

'동서양 철학의 이해' 는 교양치고 꽤 어려운 과목이었지만 윤우에게는 상식 수준이었다. 동양과 서양의 철학사적 쟁점들이 각각 2문제씩 총 4문제가 출제되었는데, 윤우는 각 문제당 답안지 1장씩을 정확히 채웠다.

'이 정도면 A+는 충분하겠어.'

만족스러운 미소를 지은 윤우는 펜을 내려놓고 가방을 챙겼다. 그리고 답안지를 제출했다.

"한 학기동안 감사했습니다. 교수님."

"고생했네. 기회가 되면 또 만나지."

윤우는 늘 이렇게 시험지를 제출하며 교수에게 인사를 건넸다.

단순히 점수를 잘 따기 위해서가 아니다. 전생의 경험 때문이다. 시간강사 시절 이렇게 마지막 인사를 건네주는 학생들이 그렇게 고마울 수가 없었으니까.

그렇게 윤우는 앞문을 열고 밖으로 나왔다. 그런데 의외의 사람이 강의실 밖에서 기다리고 있었다. 윤우는 한참이나 그 얼굴을 멍하니 바라보기만 했다.

"아, 윤우야."

윤우를 발견한 가연은 미안한 기색을 보이며 이쪽으로 달려왔다.

"시험은 잘 봤어?"

가연이 윤우를 올려다보며 조심스럽게 물었다. 윤우는 왜 그녀가 여기까지 왔는지 알 것 같았다. 어제 밤늦게까지 챙겨주느라 공부를 못했을까봐 걱정이 된 것이리라.

윤우는 왠지 이대로 넘어가면 싱거울 것 같아 잠깐 장난을 치기로 했다.

"완전 망쳤어. 장학금 못 탈 것 같아. 큰일이다."

표정을 어둡게 바꾸고 한숨을 내쉬었다.

효과는 굉장했다.

"어떡해. 미안해. 괜히 나 때문에……."

가연은 고개를 푹 숙였다. 이대로라면 곧장 울음을 터트릴 것 같아 윤우는 장난을 그만둬야 했다. 달래듯 그녀의 머리를 쓰다듬었다.

"농담이야. 시험 잘 쳤어. 걱정 안 해도 돼."

"정말?"

"답안지 꽉꽉 채우고 나왔어. 에이플러스를 줄 수밖에 없을 정도로."

"다행이다……."

가연은 환하게 웃었다. 그런 그녀의 예쁜 모습을 보고 있으니, 왠지 어제 가연의 남자 선배에게 해줬던 말이 떠올랐다. 확실히 그녀는 정말 자신에겐 아까운 천사 같은 사람이다.

"그런데 여기는 어떻게 알고 찾아온 거야? 너 길치잖아."

"다른 사람들한테 물어보면서 왔어. 좀 헤매긴 했는데 사람들이 친절하게 알려줘서 그렇게 어렵진 않았어."

윤우는 고개를 끄덕였다.

더 이상 이 건물에 있을 이유는 없었기 때문에 가연이의 손을 잡고 계단을 내려갔다.

"숙취는 좀 어때? 너 어제 술 정말 많이 마신 것 같더라. 기억나긴 해?"

가연은 얼굴을 살짝 붉히며 고개를 끄덕였다.

"이제 속은 괜찮아. 아침에 콩나물국 먹으니 괜찮아졌어. 그런데 어제 무겁지 않았어? 집까지 업어다 줬잖아."

"허리가 부러지지 않아서 다행이었지."

"너무해."

그러면서도 두 사람은 서로를 보고 웃었다. 농담인 것을 안 것이다. 어제 있었던 일 이야기가 나온 김에, 윤우는 모르는 척 질문했다.

"그런데 어제 너 챙겨준 그 남자는 누구야?"

"2학년 선배야. 평소에 잘 챙겨주셔. 밥도 많이 사주시고. 왜? 무슨 일이라도 있었니?"

가연의 설명을 들으니 한민규의 의도가 이제는 확실히 보였다. 같은 남자의 입장이었기 때문에 잘 챙겨주고 밥을 많이 사주는 이유가 너무나 뻔히 보였던 것이다.

"어제 내가 너한테 전화를 했는데 그 선배가 전화를 받더라고. 내가 얼마나 놀랐는지 알아? 갑자기 낯선 남자 목소리가 들려서."

"정말? 그런 일이 있었어?"

가연은 잠시 생각에 잠기는 듯했다. 어렴풋한 기억 너머로 그가 전화를 대신 받는 게 기억이 났다.

가연은 기분이 조금 언짢았다. 전화가 왔다고 알려줘도 되었을 텐데.

"미안. 앞으로는 핸드폰 관리 잘 할게. 저기, 그나저나 배고프지? 사과하는 의미로 내가 점심 사 줄게."

"잠깐, 정가연. 이러면 곤란하지. 고작 점심을 사는 걸로 어제 그 일을 덮으려고 하는 거야?"

속마음을 들킨 가연은 혀를 살짝 내밀더니 어색하게 웃어 보였다.

그런데 그게 끝이 아니었다.

가연은 잠시 주변을 둘러보더니 까치발을 들고 윤우의 볼에 살짝 입을 맞췄다.

"이제 됐지?"

윤우는 살짝 놀랐다. 성격상 가연이가 이렇게 대담한 짓을 할 사람이 아니었기 때문이다.

하지만 윤우는 침착한 표정을 유지하며 고개를 가로 저었다. 협상의 주도권은 윤우가 쥐고 있었다. 여기에서 만족할 그가 아니다.

"약해."

가슴에 손을 얹은 가연은 당황했다. 나름대로 최대한 용기를 내어본 것이었는데.

"그럼 어떻게 해 주면 돼?"

윤우는 잠시 생각에 잠겼다. 좀처럼 찾아오기 어려운 기회니 신중하게.

"요리 해주면 안 될까? 네가 해준 요리 한번 먹어보고 싶은데. 우리 집에 가자."

"집에? 부모님 계시지 않아?"

"늦게 오셔."

가연의 고민은 길지 않았다. 금방 고개를 끄덕였다. 조금 부담스럽긴 했지만 슬아도 매일 오가는 곳인데 자기라고 해서 못 갈 것은 없다고 생각했던 것이다.

윤우와 가연은 사이좋게 마트에서 장을 봤다. 오늘의 메뉴는 볶음밥과 된장찌개였다. 그것은 전생에 윤우가 가장 좋아했던 아내의 요리였다.

집에는 당연히 아무도 없었다. 들어오자마자 가연은 앞치마를 두르고 식탁 위에 재료를 하나씩 꺼내기 시작했다. 그리고 바로 요리에 들어갔다.

밥도 할 줄 모르는 슬아에 비해 가연은 요리를 굉장히 잘하는 편이었다. 어려서부터 요리가 취미였기 때문이다. 가정적인 성격에 잘 어울리는 취미다.

"언제쯤 돼? 배고파 돌아가시겠다."

"금방 해 줄게. 냉장고에 뭐 먹을 거 없니? 뭐라도 좀 먹고 있어."

윤우는 냉장고에서 소시지를 하나 꺼내 입에 물었다. 그리고 식탁에 앉아 가연이가 요리를 하는 모습을 흐뭇하게 지켜보았다.

'얼마 만에 맛보는 거지? 그때 그 맛은 아니겠지만 왠지 기분이 좋은데. 과거로 돌아간 느낌이야.'

아내의 손맛은 윤우가 그리워하던 과거의 편린 중 하나였다.

도마를 펴고 야채를 손에 쥔 가연이가 힐끔 뒤를 돌아보았다. 눈이 마주치자 두 사람이 동시에 웃었다.

"왜 그렇게 보고 있어?"

"아니, 그냥. 이러고 있으니 왠지 신혼인 것 같은 느낌이라서."

가연은 부끄럽게 웃었다. 사실 그녀도 윤우와 같은 생각을 하고 있었다.

하지만 두 사람의 신혼 놀이는 오래 가지 못했다. 갑자기 현관문이 열리는 소리가 들리더니·누군가 안으로 들어온 것이다. 요리를 하던 가연은 화들짝 놀랄 수밖에 없었다.

"오빠 집에 있었네? 어? 가연 언니까지?"

불청객의 정체는 예린이었다. 잠시 멍하니 있던 윤우는 오늘이 상훈고등학교 개교기념일이라는 사실을 뒤늦게 깨달았다.

하지만 내심 다행이라고 생각했다. 부모님이 들어온 것보다 예린이가 들어온 것이 훨씬 나았으니까.

그런데 그것이 끝이 아니었다.

예린이의 뒤엔 슬아가 서늘한 눈빛으로 윤우를 바라보고 있었다. 곧이어 그녀의 시선이 가연이 쪽으로 움직였다.

"안녕?"

슬아가 먼저 알은체를 했다. 식칼을 내려놓은 가연은 물 묻은 손을 앞치마에 닦으며 그 인사를 받았다. 하지만 표정이 왠지 편해 보이지 않았다.

"오랜만이야."

"그러게. 오랜만이네."

그렇게 두 여자는 서로를 바라본 채 한동안 침묵을 지켰다.

윤우는 이 어색한 공기가 마음에 들지 않았다. 침묵을 깨기 위해 먼저 말을 꺼냈다.

"어쩐 일이야? 이렇게 이른 시간에. 오늘 종강총회 안 가려고?"

슬아는 시선을 가연 쪽으로 그대로 둔 채 대답했다.

"그래서 과외 시간을 앞당긴 거야. 오후에 과외하고 다시 학교에 갈 예정."

그제야 슬아의 두 눈이 윤우 쪽으로 움직였다.

"그러는 너야말로 집에서 뭐 하고 있는 거니? 국문과도 오늘 종강총회잖아."

"나도 이따가 다시 학교 가야지. 시험이 오전에 끝났거든."

그 말에 슬아는 살짝 웃었다.

그런데 왠지 윤우에게 웃는 것 같지가 않다. 마치 눈앞에 있는 가연을 도발하듯 작게 웃어 보였다.

하지만 가연은 도발에 넘어가지 않았다. 그저 상냥한 눈빛으로, 여유 있게 윤우를 바라볼 뿐이다.

"조금만 기다려. 금방 점심 만들어줄게."

"그, 그래."

윤우는 이 상황이 너무나 불편했다. 지은 죄도 없는데 죄인이 된 것 같은 억울한 느낌이다.

"근데 가연 언니. 우리도 점심 안 먹었는데……."

예린이 조심스레 나섰다. 순간 정적이 돌았지만, 가연은 환하게 웃으며 고개를 끄덕였다.

"너희들 것까지 만들 테니까 기다리고 있어. 오랜만에 다 같이 먹자."

"와아! 언니 최고! 메뉴는 뭐야?"

"된장찌개랑 볶음밥?"

"계란말이도 해 주면 안 돼?"

"그럴까?"

고개를 끄덕거리며 좋아하는 예린이가 귀여웠는지 머리를 쓰다듬어 주었다. 가연은 특별히 예린이에게도 신경을 많이 썼다. 장차 시누이가 될 사람이었으니까.

"신세져서 미안하네."

"친구 사이에 신세는 무슨……."

친구였지만 친구 같지 않은 두 사람, 슬아와 가연이가 서로 한마디씩 주고받았다. 덕분에 얼어붙었던 분위기가 조금씩 풀리기 시작했다.

이 모습을 지켜보던 윤우는 마음을 편히 먹었다. 만약 가연이의 성격이 드셌다면 나가서 먹으라고 으름장을 놓으면서 된통 난리가 났을지도 모른다.

확률이 희박하긴 하지만 어쩌면 서로 머리채를 휘어잡을 수도 있다. 잠시 그 끔찍한 장면을 상상한 윤우는 인상을 쓰며 고개를 홰홰 저었다.

통통통통—

식칼이 도마를 때리는 소리가 규칙적으로 들렸다. 가연이의 실력은 대단했다. 감자와 양파, 당근 등의 재료가 자로 잰 듯 정확하게 썰렸다.

윤우는 이 장면을 부모님께 보여드리고 싶었다. 며느릿감으로 정말 손색이 없는 솜씨였다.

"잘하는데?"

어느새 가연이의 옆에 선 윤우가 감탄을 내뱉었다.

"너보다 낫지?"

"그러게. 더 맛있게 할 자신은 있어도 이렇게 깔끔하게 다듬을 자신은 없어."

사이가 정말 좋아 보였다. 뒤에서 이를 지켜보던 슬아의 눈에도 신혼부부 같은 모습으로 보였다.

　슬아는 애써 불쾌한 감정을 얼굴에 드러내지 않았다. 가만히 앉아 둘의 알콩달콩한 모습을 지켜볼 뿐이다.

◆

　맛있는 냄새가 온 집안에 가득 찰 무렵, 가연이가 부엌에서 나왔다. 거실에는 예린이 혼자 앉아 TV를 보고 있었다.

　"다 됐으니까 점심 먹자. 그런데 오빠랑 슬아는?"

　"글쎄? 아까부터 안 보이던데."

　아까부터 안 보인다는 말에 가연이의 가슴이 순간 철렁 내려앉았다.

　예린이는 별 관심 없다는 듯 슬쩍 부엌으로 들어갔다. 주변을 두리번거리던 가연이는 설마 하는 표정으로 윤우의 방문 앞에 섰다.

　귀를 기울여 안에서 들려오는 소리에 집중했다. 하지만 아무 소리도 들려오지 않았다. 오히려 그 덕에 머릿속에서 이상한 상상이 들었다.

　가연은 슬그머니 방문을 열어 보았다. 노크를 하지 않은 것이 신경 쓰였지만, 안에서 벌어지고 있을 것 같은 있는 일이 더욱 신경이 쓰였다.

이윽고 문이 열렸다.

방 안에 불은 꺼져 있었다. 그리고 윤우는 스탠드 불을 켜고 책을 읽고 있었다. 다행히 슬아의 모습은 어디에도 보이지 않았다.

가연은 안도의 한숨을 내쉬었다. 마음이 풀어지면 풀어질수록 자신이 슬아를 얼마나 경계하고 두려워하는지를 확실히 알 수가 있었다.

"뭐야, 언제 들어왔어? 노크는 하지. 놀랐잖아."

"미안해."

윤우는 고개를 가로 저었다. 사과까지 할 일은 아니었다.

"그런데 점심은? 배가 너무 고파서 감각이 없어졌다."

"다 차려 놨어. 그런데 슬아가 안 보이네."

"거실에 없어? 그럼 아마도 예린이 방에 있겠지."

윤우의 말이 맞았다. 슬아는 예린이의 방에서 과외 준비를 하고 있었다. 가연은 슬아에게 준비가 다 됐으니 나와서 점심을 먹으라고 전했다.

모두가 식탁에 모였다. 예린이는 벌써 수저와 젓가락을 들고 달려들 준비를 마친 상태였다.

"언니, 잘 먹을게!"

가운데엔 구수한 된장찌개가, 그리고 각자의 그릇에 스팸을 썰어 넣은 볶음밥이 놓여 있다. 예린이가 특별히 주

문한 계란말이와 감자를 채 썰어 볶은 것도 케첩과 함께
놓여 있었다.

"많이들 먹어."

"네!"

예린이는 신이 났는지 정신없이 젓가락을 놀렸다. 한편
못마땅한 눈으로 식탁을 훑은 슬아는 국을 덜어 한 입 먹
어보았다. 그리고 볶음밥도 입에 넣었다.

"어때? 입에 맞아?"

가연이가 물었다.

인정하고 싶지 않았지만 정말 맛있었다. 슬아는 고개를
살짝 끄덕이며 어떻게 하면 이렇게 요리를 잘 할 수 있는
지 고민을 해 보았다.

솔직히 실력이 부러웠다. 슬아도 가능하다면 직접 음식
을 만들어 윤우에게 먹여 주고 싶었다. 하지만 도저히 요
리만큼은 실력이 붙지 않았다.

"슬아 언니도 요리 잘해?"

차마 '계량컵이 없으면 라면도 못 끓여'라고는 말할 수
가 없었다.

"뭐, 이런 것쯤이야 가정부 아줌마가 알아서 다 해주니
까. 굳이 내가 할 필요는 없어."

가정부를 쓸 정도로 잘 사는 집인 걸 티내는 모습을 보
니 왠지 중학교 시절의 슬아로 돌아간 듯한 착각이 들었다.

그랬기에 윤우는 왠지 좋지 않은 예감이 들었다. 아니니 다를까, 가연이가 나서서 한마디 했다.

"그래도 좋아하는 사람에게 해 줄 요리 하나 정도는 할 줄 아는 게 좋지 않을까?"

방금 전 '이런 것쯤이야'라고 표현한 슬아의 말에 기분이 언짢았던 것이다.

슬아의 얼굴도 굳어졌다. 가연이가 '좋아하는 사람'이라는 부분을 유독 강조해서 말한 탓이다.

"순진하구나. 요리 말고도 해 줄 수 있는 건 많아. 다른 부분에서 만족을 시켜주면 되는 거겠지. 사람으로 태어난 이상 모든 걸 잘 할 수 없다는 건 당연한 거 아냐?"

"하지만 요리는 중요하다고 생각하는데. 의식주(衣食住) 안에 식이 들어간다는 건 그만큼 요리가 중요한 일이라는 거겠지. 게다가 나중에 결혼하게 되면 식사를 책임져야 하잖아."

"요리가 중요한 일이라는 것엔 부분적으로 동의해. 하지만 꽤 보수적인 사고방식인걸? 요즘시대에 누가 요리하고 누가 청소하고 이렇게 정해놓니?"

"그건 가치관의 차이일 뿐이야. 나는 요리하는 게 좋고, 그걸 윤우가 맛있게 먹어주니까 더 좋아."

날선 공방이 이어졌다. 예린이는 강 건너 불구경을 하듯 밥그릇을 뚝딱 비워내며 두 사람의 말에 집중했지만, 윤우는 긴장의 끈을 놓을 수가 없었다.

이대로 두면 두 여자의 눈에서 불꽃이 튈 것 같았다. 결국 윤우가 나서서 중재를 시도했다.

"토론은 이따가 하고 밥이나 좀 먹으면 안 될까. 모래알 씹는 느낌이네."

"아. 미안. 어서 먹어. 밥 좀 더 줄까?"

"토론이라니. 그냥 단순한 의견 교환일 뿐이야."

대답은 그렇게 했어도 두 사람 모두 굉장히 날이 서 있다는 것을 알 수 있었다. 윤우는 서둘러 식사를 끝내고 가연이를 밖으로 데리고 나가야겠다고 생각했다.

'가시방석이 따로 없구나……'

가연이와 단 둘이 오붓한 시간을 보내려고 했는데 모든 계획이 틀어져 버렸다. 동생이 온 것까지는 좋았다. 하지만 슬아가 올 줄은 전혀 예상치 못했다.

잠시 후 모두가 맛있게 식사를 마쳤다.

"잘 먹었습니다!"

"정말 잘 먹었어."

"……나도."

가연이와 예린은 각각 차와 과일을 준비했다. 윤우는 설거지를 맡았고, 주방일과는 조금도 인연이 없었던 슬아는 말없이 거실에 앉아 TV를 틀었다.

잠시 후 설거지를 마친 윤우가 부엌에서 나와 거실 소파에 앉았다. 슬아가 TV에 시선을 고정한 채로 물었다.

"몇 시쯤 나갈 거니?"

"이따가 바로 나갈 거야. 밖에서 가연이랑 좀 놀다가 학교 가려고."

윤우가 워낙 확고하게 대답하는 터라 차마 학교에 같이 가자는 말을 꺼내지 못했다. 요즘 들어 윤우와 따로 시간을 내는 게 어려운 슬아였다.

그때, 슬아의 머릿속에 좋은 계획이 하나 떠올랐다. 이곳으로 오는 도중 예린이와 대화를 나눴는데 분명 윤우가 내일 컴퓨터를 사러 간다고 했다.

마침 슬아의 컴퓨터도 상태가 썩 좋지 않은 상황이었다. 다섯 수, 여섯 수 앞까지 미리 가늠해 본 그녀는 즉시 윤우에게 물었다.

"내일 예린이 컴퓨터 사러 간다고 들었어. 맞아?"

"그래. 사실이다."

"그럼 내 것도 좀 부탁해도 될까? 오래돼서 그런지 요즘 상태가 좀 안 좋거든. 새로 사는 게 좋을 것 같아. 내일 나도 시간 내 볼 테니까 같이 가자."

사실 슬아는 컴퓨터를 잘 다뤘기 때문에 딱히 윤우의 도움은 필요하지 않았다. 하지만 윤우는 그녀가 컴퓨터를 잘하는지 모르고 있었다. 그 점을 이용한 것이다.

윤우는 잠시 고민한 다음 대답했다.

"상태가 안 좋다고 컴퓨터를 바로 바꿀 필요는 없어. 너 게임 같은 거 안 하잖아. 그럼 하드를 포맷하거나 최적화를 시키면 나아질 거야."

슬아의 계획은 실패했다.

하지만 그녀는 총명한 사람이었다. 즉시 순발력을 발휘하여 다른 카드를 꺼냈다.

"그럼 그걸 네가 해 주면 되잖아?"

슬아는 윤우를 자신의 집에 한 번 초대하고 싶었다. 그리고 오늘 가연이가 만든 음식보다 훨씬 맛있는 식사를 대접하고 싶었다. 비록 아줌마가 만들어 준 것이라고 할지라도.

"내가 만지는 것보다는 서비스를 불러 점검을 받아보는 게 좋을 것 같아. 나도 그렇게 썩 컴퓨터를 잘 다루는 건 아니라서."

윤우는 완곡하게 거절의 뜻을 표했다. 예전의 슬아였다면 독기를 품고 어떻게든 자신의 뜻을 이루기 위해 달려들었을 것이다.

하지만 지금의 그녀는 다르다. 물러서야 할 때와 나아가야 할 때를 분명히 알고 있었다.

그리고 지금은 물러날 때였다. 기회는 앞으로도 얼마든지 있으니까.

언젠가는 틈을 보일 것이다. 사람의 일이라는 게 그렇

다. 늘 좋은 일이 있을 수만은 없다. 때론 싸우기도 하고 사이가 멀어지기도 할 것이다.

슬아는 차분히 기다리며 그때를 노리기로 했다.

NEO MODERN FANTASY STORY

뉴 라이프

NEW LIFE

Scene #24 뜻밖의 제안

Scene #24 뜻밖의 제안

한국대학교의 방학이 시작되었다.

하지만 윤우는 정신없는 나날을 보냈다. 학교에 나가는 시간이 줄어든 만큼 명성학원 인터넷사업팀 사무실에 나가는 시간이 늘어났던 것이다.

거기에 소진욱 교수가 추진하는 프로젝트 문제도 있었다. 윤우는 사무실 일을 도우면서도 시간이 날 때마다 연구 자료를 검토하여 송현우 선배에게 피드백을 보냈다.

그러다보니 밤을 새는 날이 허다했다. 대학교 1학년이 아니라 대학원생이 된 듯한 기분이었다. 정확히는, 거기에 아르바이트까지 하는 기분이었다.

'좀 쉴까? 눈이 침침하네.'

탕비실에서 시원한 캔 음료를 꺼내 자리로 돌아온 윤우는 잠시 눈을 감고 휴식을 취했다. 출근한 뒤로 제대로 쉬어보지도 못하고 자료를 정리한 그였다.

그나마 위안이 되었던 것은 자신의 실험이 지속적으로 좋은 데이터를 남기고 있다는 점이었다.

상훈고 1, 2학년 가입자 수가 시간이 지날수록 점차 증가하는 모습을 보였다. 단순 증가가 아니라 기하급수적인 증가였다. 누가 봐도 효과를 입증할 만한 객관적인 증거였다.

"데이터도 어느 정도 모였고. 이제 대표님도 허락을 하시겠는데?"

윤우의 실험 데이터를 검토하던 정 팀장이 흐뭇하게 웃으며 말했다. 윤우는 눈을 뜨고 바르게 앉아 정 팀장에게 답했다.

"이번 주까지 전국 주요 중고등학교 리스트를 정리해 보겠습니다. 재학생 수 기준으로 정렬을 할게요. 그리고 협조문 양식은 차 대리님께서 맡아 주기로 했어요."

"좋아. 차 대리에게 배송 대행업체도 알아봐 달라고 좀 전해줘."

"알겠습니다."

차 대리는 지금 외근 중이라 자리에 없었다. 윤우는 포스트잇에 메모를 적어 차 대리 모니터에 붙여 놓았다.

그때 진동을 느낀 윤우는 휴대폰을 주머니에서 꺼냈다. 전화가 온 것이다. 윤우는 회의실로 들어가 전화를 받았다.

"여보세요?"

- 김윤우 씨 맞습니까?

중후한 목소리였다. 제법 나이가 많은 사람 같았다.

"맞습니다만, 누구시죠?"

- 이야, 이거 반갑습니다. 손민욱이라고 합니다. 음, 이름으로 말하면 모르실지도 모르겠군요. 하하, 잠깐 내 소개를 하겠습니다. 기가스터디의 대표이사를 맡고 있는 사람이지요. 통화 괜찮습니까?

윤우의 눈빛이 변했다. 기가스터디라면 분명 명성학원의 경쟁사였으니까.

"예, 근무 중이니 짧게 부탁드립니다."

- 이거 방해해서 미안하군요. 다름이 아니라 윤우 씨를 한번 만나고 싶어서 이렇게 전화를 했지요.

"저를요? 무슨 일이시죠?"

윤우는 이렇게 모른 척 물었지만, 실은 손 대표의 속셈을 짐작할 수 있었다. 경쟁사의 수장이 전화를 걸었다는 거야 뻔하다. 자신에게 관심이 있기 때문일 것이다.

- 에…… 뭐 특별한 이유가 있는 건 아닙니다. 윤우 씨가 하는 일에 조금 흥미가 생겼다고 할까? 뭐, 끽해야 그 정도죠.

윤우는 손 대표를 슬쩍 떠보기로 했다.

"그렇다면 저희 대표님과 만나보시는 건 어떨까요? 업무상 관계된 말씀이라면, 한낱 직원에 불과한 제가 대표님을 만나는 건 좀 아닌 것 같아서요."

─ 하하하! 그건 괜찮습니다. 어차피 이 대표야 자주 만나니까요. 어쨌든 좀 시간을 내주셨으면 좋겠군요.

꽤 단호하게 나왔다. 어투에도 자신감이 있는 것을 보니 굳은 결심을 하고 전화를 건 듯싶었다.

"좋습니다. 제가 한번 찾아뵐게요. 언제가 좋으실까요?"

─ 빠를수록 좋습니다.

"그럼 이번 주 토요일 오후에 기가스터디로 찾아가겠습니다."

─ 식당을 예약해 놓지요. 느긋하게 저녁이나 하십시다.

"알겠습니다. 그럼."

전화를 끊은 윤우는 회의실에 앉아 곰곰이 생각에 잠겼다. 손 대표가 자신에게 제안할 말은 딱 하나 뿐이었다. 기가스터디로 직장을 옮기지 않겠냐는 것.

어떤 조건을 제시할지 문득 궁금해졌다. 물론 윤우는 그 제안을 받아들일 생각은 없었다. 하지만 한번 나가서 손 대표를 만나보는 것도 나쁘지 않겠다는 생각이 들었다.

그때 문이 벌컥 열리더니 차 대리가 고개를 슥 내밀었다.

"어디 갔나 했더니 여기에 숨어 있었구나. 뭐 하고 있어?"

"전화 받고 있었어요."

"이상한 취미네. 불도 꺼놓고. 아무튼 아이스크림 사왔으니까 나와서 먹어라."

윤우는 잠시 생각을 접고 회의실 밖으로 나갔다.

토요일에도 윤우는 학교에 나가야 했다. 소진욱 교수가 추진하고 있는 프로젝트가 막바지 작업에 들어가 이것저것 테스트를 해야 했던 것이다.

"윤우, 검색값 에러났던 거 어떻게 됐어?"

송현우 선배의 질문에 윤우는 검색창을 띄우고 '한용운'을 입력했다. 곧 그의 연보와 작품 내역이 화면에 일제히 뿌려졌다. 모니터를 전체적으로 훑어본 윤우가 고개를 돌렸다.

"픽스된 것 같은데요? 같은 작가로 검색을 해도 저번처럼 에러가 나지 않네요."

"오케이."

오랜만에 들어보는 송현우 선배의 오케이 사인이었다. 그는 굉장히 깐깐한 성미라 그냥 그대로 넘어가는 법이 없었다. 된통 깨지지 않으면 다행이었다.

작업용 컴퓨터 앞에 앉아 있던 윤우는 기지개를 펴고 한숨을 돌렸다. 오후 내내 앉아 있었더니 온몸이 쑤셨다. 그러다 시계를 보고는 자리에서 일어섰다.

"저, 선배님. 오늘 저녁에 약속이 있어서 그러는데 일찍 들어가 봐도 괜찮을까요?"

"청춘이란 좋은데? 데이트도 하고 말이지. 대학원 들어오면 아무것도 못하니 학부 때 많이 해 놔라."

"죄송합니다. 그럼 먼저 가 볼게요."

데이트를 하려는 것은 아니었지만 윤우는 딱히 반론을 하지 않았다. 그렇게 송현우에게 꾸벅 인사를 하고 가방을 챙겨 학교를 나섰다.

베이지색 7부 자켓을 걸치고 크로스백을 멘 윤우는 영락없는 대학생의 모습이었다. 목적지는 기가스터디 본관. 손민욱 대표와 저녁 식사 약속을 잡은 것이다.

'무슨 이야기가 오갈지 뻔하긴 하지만… 그래도 한 번 만나볼 필요는 있어.'

아마 손 대표는 윤우에게 회사를 옮기지 않겠냐고 제안할 것이다. 그렇지 않고서야 대표가 직접 자신에게 전화를 걸 이유는 없었으니까.

그럼에도 불구하고 윤우가 그를 만나보려고 하는 이유는 간단했다. 온라인 강의 시장에 대한 정보를 조금이라도 더 얻어 보려는 생각에서였다.

기업에 대한 정보를 인터넷이나 책에서 얻는 것은 한계가 있었다. 술 한잔 하며 오가는 말에 의외로 중요한 정보가 숨어있기도 했다.

윤우가 이렇게 적극적으로 나서는 이유는 이재환 원장과의 친분도 있지만, 이번 프로젝트를 꼭 성공시켜 인센티브를 두둑이 챙기기로 마음을 먹었기 때문이다.

갑자기 돈 욕심이 생긴 것은 아니었다. 가연이와의 결혼 자금을 모아야 했고, 집도 보다 넓은 곳으로 옮기고 싶었던 것이다. 예린이의 뒷바라지는 물론이고.

이 모든 것을 이루기 위해서는 꽤 큰돈이 필요했다. 나중에 학부 졸업 후 대학원 진학까지 생각한다면 못해도 5억 정도는 있어야 한다고 생각했다.

이번에 기획한 프로젝트에서 대박만 난다면 인센티브를 종자돈 삼아 돈을 조금씩 불려나갈 것이다. 적어도 돈 걱정을 하느라 연구에 방해를 받고 싶지는 않았다.

'뭐, 이번 프로젝트가 실패하더라도 큰 문제는 없어. 매출을 올릴 만한 아이템은 얼마든지 있으니까.'

그런 생각을 하며 윤우는 2호선 지하철에 몸을 실었다.

－ 열차 출발합니다. 열차 출발합니다. 승객 여러분께서
는 다음 열차를 이용해 주십시오.

많은 사람들이 지하철에서 내린 탓에 빈자리가 생겼다.
자리에 앉은 윤우는 가방에서 자신이 작성한 프로젝트 계
획서를 꺼내 각 항목을 꼼꼼히 체크했다.

'지금 추진하려는 프로젝트 계획이 외부에 새어 나갔는
지도 확인을 해 봐야 해. 손 대표를 슬쩍 떠볼 필요가 있겠
어.'

만약 계획이 외부로 새어나갔다면 전략을 수정해야 했
다. 때문에 윤우는 손 대표와 나눌 말들을 머릿속으로 정
리하며 강남으로 이동했다.

목적지까지는 약 40여분이 소요되었다. 기가스터디 본
관은 지하철 역 바로 근처였기 때문에 윤우는 올라가자마
자 쉽게 건물을 찾을 수 있었다.

고개를 들어 빌딩을 한눈에 담는 윤우, 도시적인 풍경에
잘 어울리는 매끈한 빌딩이었다.

'생각보다 꽤 크네.'

안으로 들어간 윤우는 안내데스크로 이동했다. 내부도
마찬가지로 매우 심플하면서도 고급스럽게 치장되어 있었
다. 인테리어만 보고도 기가스터디의 영향력을 가늠할 수
있을 정도였다.

"손민욱 대표님을 만나러 왔는데요. 몇 층으로 올라가면 되나요?"

"7층으로 가시면 됩니다. 복도 맨 끝에 있어요."

"감사합니다."

엘리베이터를 타고 7층에 내린 윤우는 대표이사실로 향했다. 확실히 사교육의 대표 주자답게 구석구석 신경을 쓴 흔적들이 보였다.

'과거대로라면 내년에 코스닥에 상장을 하겠지. 성장 속도가 대단해.'

하지만 그것은 과거의 일일 뿐이다. 지금은 명성학원이라는 경쟁자가 치고 올라오는 중이었다. 미래가 어떻게 바뀔지는 아무도 모르는 일이다.

곧 대표이사실 문패가 보였고, 노크를 한 다음 문을 열고 안으로 들어갔다.

"어떻게 오셨지요?"

비서로 보이는 예쁜 여직원이 미소로 물었다.

"손 대표님을 만나러 왔는데요. 김윤우라고 합니다. 저녁에 약속이 잡혀 있을 거예요."

"아, 기다리고 있었습니다. 이쪽으로 오시죠."

안으로 들어가니 손 대표가 잡지를 읽고 있었다. 그는 안경을 벗고 일어나 팔을 벌리며 반갑게 윤우를 맞았다.

"아아, 이것 참 반갑습니다. 갑작스러운 제안이었을 텐데 이렇게 직접 와 주시니 고맙군요."

"처음 뵙겠습니다. 김윤우입니다."

윤우는 손 대표를 한번 훑어보았다. 중후한 외모에 배가 살짝 나온 전형적인 중년인이었다. 대신 목소리가 차분하고 또렷해 금방 호감이 갔다.

"호오, 그런데 생각보다 젊으신 것 같군요. 실례지만 나이가?"

"올해로 스무 살입니다. 대학교 새내기죠."

"스무 살이요? 허허, 나이가 젊다는 이야기는 들었지만 이렇게 어린 분일 줄은 몰랐군요. 아, 어리다고 무시하는 건 아니니 오해는 마시고."

아무래도 명성학원 인터넷사업팀에서 일을 한다고 하니 제법 나이를 먹었다고 생각했나보다. 하긴, 스무 살이 자문역을 하고 있다는 걸 누가 상상이나 하겠는가?

"자자, 그렇게 서 있지만 말고 이쪽으로 앉지요."

"예."

윤우와 손 대표는 고급 소파에 마주보며 앉았다. 곧이어 비서가 시원한 차를 두 잔 내왔다.

윤우는 예의 바르게 고맙다는 인사를 전했다. 비서는 예쁜 미소를 남기더니 밖으로 나갔다.

"더운데 오느라 고생 많으셨습니다. 오늘 날씨가 참 덥네요. 땀을 흠뻑 흘려도 모자랄 판이니 말입니다."

"지하철 타고 와서 괜찮아요. 그런데 여기는 역에서 가까워서 좋네요. 부럽습니다. 저희 사무실은 교통이 영 불편해서……."

윤우는 일부러 불만이 있는 척 말을 줄였다. 슬쩍 손 대표의 표정을 보니 잘 되었다는 그런 얼굴이었다. 역시 자신을 영입하려는 목적이 있는 게 분명했다.

그렇다면 일은 간단해진다. 윤우는 미리 짜둔 각본대로 대화를 풀어 나갔다.

"그나저나 실제로 와보니 대단하다는 실감이 드네요. 잠깐 둘러봤는데 역시 기가스터디라는 말밖에 나오지 않았어요. 대한민국 넘버원이라는 수식어가 잘 어울립니다. 코스닥에 상장하는 건 문제도 아니겠는데요?"

"하하하! 이거 칭찬이 과하십니다. 다 운이 좋아서 그렇지요."

"운도 준비된 사람에게나 찾아오는 법이죠. 솔직히 말씀드리면 저도 이 업계에 발 담그고 있지만 손 대표님의 능력에 감탄할 때가 많아요."

손 대표는 손사래를 치며 아니라고 말은 했지만 기분이 좋아 보였다. 윤우의 칭찬에 연신 미소를 지어 보인다. 손 대표처럼 호방한 타입은 칭찬이 약이라는 사실을 잘 알고 있었다.

"그나저나 윤우 씨는 대학생이겠군요. 실례가 되지 않

는다면 학교가 어디인지 물어도 되겠습니까?"

"한국대 다닙니다. 전공은 국문학이고요."

"아, 한국대! 이거 내 후배로군. 나도 한국대 출신입니다. 역사학을 전공했지요. 이거 계속 반가운 일이 겹치는데?"

슬슬 반말이 섞여 나오고 있었다. 하긴, 나이 차이도 워낙 많이 나는 데다가 학교 후배인 걸 알았으니 이제 말을 놓는 수순을 밟을 것이다.

이렇게 된 이상 윤우는 선수를 쳐 손 대표의 호감을 사기로 했다.

"손 대표님이 한국대 출신이 아니셨으면 아마 이 자리에 나오지 않았을 겁니다. 그나저나 대표님. 제가 나이도 어리고 후배인데 말씀 편히 하시죠."

"하하하! 그런 건가? 그럼 그러지. 자, 일단 자리를 좀 옮길까? 배고플 텐데 우선 저녁이나 들러 가지."

그렇게 두 사람은 대표실을 나서 인근에 있는 고급 레스토랑으로 자리를 옮겼다.

식당에서 특별한 이야기는 오가지 않았다. 윤우가 의도적으로 말을 아꼈기 때문에 손 대표의 사업 이야기가 주를 이뤘다.

그러다보니 다른 경쟁사들의 이야기도 주워들을 수 있었다. 덕분에 윤우는 시장이 돌아가는 상황을 보다 명료하게 이해할 수 있게 되었다.

"기가스터디도 PMP 사업에 뛰어드는 거군요?"

"그렇지. 조금 늦긴 했지만 우리도 이대로 손가락만 빨고 있을 순 없잖나? 자세한 건 말할 수 없지만 우리도 준비해 놓은 걸 추진해 볼 생각이야."

"손 대표님이니까 잘 풀리시겠죠. 괜히 마이더스의 '손'이라는 수식어가 있는 게 아니잖아요."

"그런가? 하하하!"

윤우는 적당히 추임새를 넣어가며 손 대표를 칭찬했고, 손 대표는 더욱 기분이 좋아져 향후 계획까지 윤우에게 친절히 설명해 주었다.

"그런데 PMP 사업이라면 구체적으로 어떤 걸 하시려고요? 저희야 제휴 사업을 하긴 했는데, 궁금하네요. 기가스터디가 어떤 스케일로 사업을 펼칠지."

"에…… 뭐, 그야 차차 알게 되겠지. 조만간 신문에서 볼 수 있을 거야."

하지만 손 대표도 만만치 않은 사람이었다. 중요한 부분에서는 말을 아끼며 정보를 흘리지 않았다. PMP 사업을 시작한다는 것은 알겠는데, 그 자세한 내막을 듣지는 못했다.

"후식을 준비해 드릴까요?"

그때 웨이터가 다가와 정중히 물었다. 손 대표는 커피를, 윤우는 녹차를 시켰다.

식사는 금방 끝났다. 후식을 즐길 즈음엔 대화의 주제가 손 대표의 가정사로 바뀌어 있었다. 윤우도 자신의 가정사를 언급하며 서로 진솔한 이야기를 나눴다.

그렇게 분위기가 무르익었을 때, 손 대표가 긴밀히 제안했다.

"시간도 이렇게 지났고 한데, 괜찮으면 한잔 걸치러 갈까? 이대로 헤어지기는 뭔가 아쉬운 면이 있군."

"좋죠."

윤우는 고민하지 않고 자리에서 일어섰다. 이제부터가 시작이라고 생각했다. 사람의 마음을 방심하게 만드는 것에 술 만한 것은 또 없으니 말이다.

손 대표가 안내한 곳은 근방에 위치한 고급 바였다. 이른 저녁이라 손님은 거의 없었다.

"어머, 대표님. 어서 오세요. 오랜만이시네. 오늘은 두 분?"

"여기 귀한 손님이 오셨으니 오늘은 잘 챙겨줘야 해."

"아무렴요. 그런데 이분 좀 어려 보이는데?"

매니저로 보이는 젊은 여성이 윤우를 위아래로 훑어보자, 손 대표가 호쾌하게 웃으며 말했다.

"이 친구 대학생이야. 한국대 엘리트지."

"어머나, 그래요? 역시 생긴 것부터가 다르다 했어요. 어쩜 이렇게 잘생기셨을까. 자, 이쪽으로들 오세요."

윤우는 매니저의 뒤를 따라 나선형으로 된 계단을 올라갔다. 어두컴컴한 곳이었지만 곳곳에 세련된 장식이 놓여 분위기가 살아나고 있었다.

두 사람은 은밀한 룸으로 안내받았다. 은은한 붉은빛 조명이 드는 곳이었다. 곧 젊은 여자가 들어와 물 잔과 양주 잔을 세팅했고, 손 대표는 늘 마시는 걸로 갖다 달라고 얘기했다.

"여기가 이야기 하는 데 나쁘지 않아. 조용하고, 또 아가씨들도 탐스럽고."

"그렇군요."

윤우는 이런 분위기가 익숙지 않았지만 의연한 표정을 유지했다. 잠시 후 노출이 심한 옷을 걸친 젊은 여자 두 명이 들어와 윤우와 손 대표 옆에 나란히 앉았다.

'설마 하긴 했는데 이런 곳에 데려올 줄이야.'

윤우는 조금 난처했다. 자신이 대학교 신입생이라는 것을 알았으니 호프집이나 선술집 쪽으로 갈 줄 알았던 것이다.

'그래도 퇴폐적인 곳은 아닌 것 같으니 조금 앉았다 갈까? 회귀한 이후로 위스키는 입에도 못 대 봤으니.'

그래도 가연이에게는 말하지 않는 게 좋겠다고 생각했다. 일단 윤우는 휴대폰을 꺼내 가연에게 문자를 보냈다. 근처 술집으로 2차를 왔다고.

'남자로 살다 보면 때로는 선의의 거짓말이 필요할 때가 있는 법이지.'

한편 손 대표는 슬그머니 웃으며 윤우의 행동거지를 면밀히 살피는 중이었다. 그의 눈에 비친 윤우는 어린 친구답지 않게 당황하지 않고 의연해 보였다.

"자, 얘들아. 그렇게 있지들 말고 자기소개들 해야지?"

손 대표는 단골이라 두 여자들을 잘 알고 있었다. 여자들이 윤우에게 미소를 지었다.

"반가워요 오빠. 민영이라고 해요."

"전 사라예요."

민영은 육감적인 여자였고, 사라는 밋밋했지만 지적인 분위기를 가지고 있었다.

윤우는 고개를 슬쩍 끄덕였다. 미적지근한 반응이었다. 민영과 사라는 살짝 당황했지만 가끔 있는 일이라 꺄르르 웃어넘긴다.

"오빠 되게 조용하다."

"그러게. 원래 그렇게 조용해요? 아니면 우리가 마음에 안 드는 거예요?"

"쓸 데 없는 말은 잘 안 하는 주의라서."

윤우는 여자들에게 자연스레 하대했다. 오빠라는 말이 부담스럽거나 하진 않았다. 어차피 영업용 호칭이었고, 정신 연령은 그녀들보다 훨씬 위였으니까.

"어머, 그래요? 왠지 멋있다. 듬직하네."

윤우는 가벼이 웃었다. 그리고 사라가 얼음 컵에 따라준 우롱차를 한 모금 마셨다. 시원한 것이 딱 입맛에 맞았다.

"오빠. 술 따도 돼?"

"어허, 아직 안 따고 뭐 하고 있었어? 어서 한 잔씩 돌려 봐."

손 대표가 팔을 걷어붙이고 잔을 들었다. 윤우도 따라 잔을 들었다.

민영이라고 불린 여자가 손 대표와 윤우에게 각각 한 잔씩 돌렸다. 윤우는 받은 술을 얼음이 가득한 글라스에 넣고 물을 섞은 뒤 살짝 흔들었다.

그 능숙한 손놀림을 흥미롭게 지켜보던 손 대표가 웃음을 터트렸다.

"하하하! 내심 처음 왔나 싶었는데 자네 이런 곳에 익숙한 모양이군?"

"아뇨. 처음인데요."

이번 생에선 그랬다. 하지만 전생에서는 박성진과 함께 가끔 오곤 했다. 기업가였던 성진은 서재에만 틀어박힌 윤우를 끌어내 이런 곳에 데려오곤 했다.

"글라스 흔드는 게 한두 번 온 사람 같지가 않아서 말이야. 처음엔 다들 어떻게 마실지 모르니. 뭐, 그게 중요한 건 아니고. 일단 한잔 하지."

손 대표가 건배를 제의했다. 윤우는 기꺼이 잔을 들어 그의 글라스에 살짝 부딪혔다. 특별한 건배사는 없었고, 그들은 술을 쭉 들이켰다.

"이야, 오늘따라 술맛이 좋구만. 하하하, 자네가 있어서 그런가?"

"솔직히 저는 술맛을 잘 모르겠네요. 위스키는 거의 처음이라서요. 제 입엔 역시 맥주가 맞는 것 같습니다."

"하긴, 이제 갓 대학에 들어간 학생이 알 만한 맛은 아니지. 그런데 이재환 대표가 이런 데 자주 데려오진 않나? 그 친구도 술을 굉장히 좋아하는데."

아까부터 얘기를 들어 보니 이재환 원장과 손민욱 대표 사이에 제법 교류가 많은 것 같았다. 윤우가 판단하기로 적대적인 관계는 아닌 듯했다.

"그렇진 않아요. 워낙 바쁘셔서 얼굴 뵙기도 힘든 걸요."

"이거 많이 서운하겠군 그래."

"서운하긴요. 이재환 원장님께 신세진 게 한둘이 아니라서요. 차근차근 갚는다 생각하고 일하고 있죠."

가벼이 웃은 윤우가 다시 잔을 쭉 들이켰다. 그러자 옆에 있던 사라가 안주를 하나 챙겨 주었다.

하지만 윤우는 먹여주려던 걸 슬쩍 뺏어 스스로 입에 쏙 넣었다. 그리고 씩 웃었다. 사라는 그 모습이 귀여웠는지 윤우의 곁에 더욱 바싹 붙어 앉았다.

"근데 오빠는 몇 살이야?"

"스무 살."

"와, 정말? 대학교 신입생이겠네?"

윤우는 고개를 끄덕였다.

하지만 사라에 대한 관심은 딱 거기까지였다. 여기에 온 목적은 여자들과 어울리기 위함이 아니었다. 윤우는 손 대표를 마주보았다.

"그런데 선배님께서는 무슨 이유로 절 부르신 겁니까? 아무리 생각해도 단순히 얼굴 보자고 전화를 주신 것 같지는 않아서요."

윤우는 일부러 '선배'라는 호칭을 사용했다. 거리를 좁히려는 전략이었다. 그리고 그 전략은 주효했다.

술잔을 탁 내려놓은 손 대표는 흡족히 웃으며 윤우를 바라보았다. 잠시 머뭇거리는 듯하더니 이내 속내를 털어 놓았다.

"우리 윤우 후배는 명성학원이라는 작은 울타리에 어울리지 않는 사람이야. 그래서 불렀지."

자신감 넘치는 한 마디였다.

하지만 윤우는 '작은 울타리'라는 표현에 기분이 썩 좋지 않았다.

"어울리지 않는다…… 그렇다면요?"

"좀 더 큰물에서 놀아야 하지 않겠나? 이번에 PMP 제휴 건으로 아주 대박을 터트렸던데. 업계에서 이제 자네를 모르는 사람은 없지. 이 원장이 워낙 자네 자랑을 하고 다녀서 말이야."

의외였다. 자신의 이름이 업계에 알려졌는지는 전혀 모르고 있었다. 정식 직원이 아니라 자문 역이었으니까.

"운이 좋았을 뿐이지요. 아직 어려서 말입니다. 바다로 나아가기에는 역부족이죠."

"뭐, 솔직히 자네의 나이를 들었을 때 놀라긴 했었어. 적어도 서른 초반인 줄 알았거든."

손 대표는 민영의 어깨에 손을 슥 올렸다. 그러더니 힘주어 말했다.

"하지만 나이가 무슨 상관인가? 이 바닥은 능력이 우선이야. 우리 학원에 있는 강성환 선생도 젊은 나이에 벌써 스타 강사가 됐지. 다들 하기 나름인 게야."

하기 나름이라는 말에는 동의했다. 윤우 자신도 고등학교 1학년 때 KCI 등재지에 논문을 실었으니까. 나이는 다만 숫자에 불과한 것이다.

하지만 역부족이라는 윤우의 말은 어느 정도 사실이었

다. 그가 오랜 세월을 경험해 왔다고 해도 직장에서 근무한 경험은 거의 없다시피 했다.

그랬기에 윤우에겐 명성학원 인터넷사업팀만한 일터가 없었다. 아이디어의 흐름이 자유로워 틀에 얽매이지 않고 능력을 십분 발휘할 수 있었던 것이다.

"그런데."

잠시 말을 멈춘 손 대표가 술잔을 기울여 입을 축였다. 시원한 탄성을 내며 윤우를 그윽하게 바라본다.

"이재환 원장이 대우는 섭섭잖게 해 주고 있나? 어린 학생이라고 막 굴리는 건 아닌지 걱정이 되는군."

"하하, 선배님. 벌써 취하셨나 봐요. 굴린다는 표현은 좀 그런데요?"

윤우가 농담조로 일침하자 손 대표가 뜨끔하며 손사래를 쳤다.

"이거 이거 미안하네. 나쁜 의도는 아니야. 알지?"

윤우는 고개를 끄덕였다.

"뭐, 제 나름대로는 만족하고 있습니다. 과외를 뛸 바에는 그쪽 일을 돕는 게 훨씬 좋아서요. 나름 보람도 있고. 근무 시간도 제 스케줄에 맞춰 주시고."

"그게 전부인가?"

"학창 시절 원장님께 도움을 많이 받았습니다. 대학교 등록금도 지원을 받았고요. 그래서 이 원장님 사업을 돕기로 결심한 것도 있어요."

손 대표는 충분히 납득한다는 듯 고개를 크게 끄덕였다.

"뭐 그거야 당연한 자세지. 은혜는 갚으라고 있는 거니까."

거기까지는 좋았다. 하지만 손 대표의 표정이 곧 날카롭게 변했다.

"하지만 냉정히 생각해보면 명성학원에서 자네에 일방적으로 베풀기만 한 건 아니지. 자네는 홍보 모델로도 뛰었고, 우수학생이라 다른 학생들을 끌어들이는 역할도 했을 걸세. 일종의 호혜적 관계라고나 할까. 게다가 이번에 제휴 건으로 대박을 쳐줬지 않은가?"

그것은 윤우가 충분히 예상했던 답안이었다. 술을 홀짝이며 이어질 손 대표의 말을 경청했다.

"그러니 뭐 한마디로 요약하자면 도의적인 책임감을 가질 필요는 없다 이거야. 이건 자선사업이 아니야. 비즈니스지."

"그 말씀은……."

"괜찮으면 나와 함께 일해 볼 생각 없나?"

드디어 손 대표가 본심을 꺼냈다. 일단 윤우는 미소를 지으며 대답을 보류했다.

윤우는 잔을 내려놓고 사라에게 눈짓을 한 번 했다. 진지한 이야기가 오가느라 한참동안 끼어들지 못했던 그녀는, 환한 미소를 지으며 술잔에 다시 얼음을 채웠다.

"기가스터디의 온라인강의팀을 새로 꾸릴 생각이야. 거기에 자네를 팀장으로 초빙하고 싶네."

손 대표는 가방에서 서류 하나를 꺼내 윤우 쪽으로 슥 밀었다. 근로계약서 초안이었다.

명성학원의 계약서와 비슷한 내용이 적혀 있을 거라고 생각했다.

하지만 세부 계약 조건을 확인한 윤우는 눈을 크게 뜰 수밖에 없었다.

예린은 학원을 마치고 밤늦게 집으로 돌아왔다. 그런데 대문 우편함에 우편물이 하나 튀어나와 있었다. 자세히 보니 한국대학교에서 발송한 우편물이었다.

그걸 오빠에게 전해주려고 했지만, '성적표 재중'이라는 단어를 읽고는 악마 같은 미소를 짓는 예린이었다. 그리고 봉투를 찢어 내용물을 살펴보았다.

"헉!"

현관 안으로 들어오며 예린은 헛숨을 들이켰다. 성적표가 A+로 도배되어 있었던 것이다. 평점평균 4.5. 만점이었다. 장학금은 따 놓은 당상이었다.

"오빠! 성적표 왔어!"

호들갑을 떨며 윤우의 방으로 뛰어 들어가는 예린. 그녀의 오빠는 책상에 앉아 무언가를 고민하고 있었다. 동생이 들어오든 말든 신경을 쓰지 않았다.

"오빠?"

윤우는 예린이가 다시 한 번 부르자 그제야 고개를 슥 돌렸다.

"언제 왔어?"

"지금. 오빠 성적표 왔어. 만점이야. 대단한데? 언제 이렇게 공부를 열심히 한 거야?"

"왜 남의 성적표는 뜯어보고 그러냐?"

윤우는 한숨을 내쉬었다. 별로 기쁜 내색이 아니었다. 예린이는 성적표를 책상 위에 올려두며 걱정스레 물었다.

"혹시 멋대로 뜯어봐서 화났어? 미안해."

"아니. 아무것도 아냐. 신경 쓰지 말고 가서 저녁이나 먹어. 배고플 텐데."

"응⋯⋯."

무슨 일이 있는 것이 분명해 보였지만, 방해하지 않는 것이 좋겠다고 판단한 예린은 일단 오빠의 방에서 나갔다.

그녀가 나가자 윤우는 다시 한 번 한숨을 내쉬며 책상에 놓인 서류를 손에 쥐었다.

그것은 며칠 전 손 대표가 바에서 건넸던 근로계약서였다.

윤우는 다시 계약서를 읽었다. 연봉 1억에 파격적인 인센티브 항목까지 포함되어 있었다. 어딜 봐도 명성학원 근로계약서에 뒤처지는 항목이 없었다.

손 대표는 윤우가 학생임을 고려하여 원격근무가 가능하도록 배려해 주겠다고까지 했다. 계약서를 들고 나온 것을 보니 애초에 영입하기로 단단히 마음을 먹은 것이다.

처음에 윤우는 손 대표가 이직을 제안하더라도 간단히 거절할 수 있을 줄 알았다. 하지만 견물생심(見物生心)이라고 했던가. 이렇게 실제로 계약서를 받아보니 마음이 살짝 흔들렸다.

'이 정도 대우라면 목표한 금액을 금방 모을 수 있긴 한데……'

하지만 문제의 중심엔 윤우가 그토록 경계하던 '돈'이 있었다.

인간이라면 누구나 돈에 대한 욕심을 가지고 있다. 많으면 많을수록 좋은 것이 돈이라고들 하지만, 윤우는 그 의견에 동의하지 않았다.

돈은 필연적으로 욕심을 부르고 판단력을 떨어트린다. 천부적으로 돈을 굴릴 수 있는 사람이라면 상관없겠지만, 윤우에겐 그런 재능이 없었다.

'이런 걸로 고민하게 될 줄은 꿈에도 몰랐어.'

도의적인 책임을 질 필요는 없다, 이건 자선사업이 아니라 비즈니스라는 손 대표의 말이 뇌리를 스치고 지나갔다.

어른의 관점에서 그의 말은 틀림이 없었다. 윤우는 명성학원으로부터 받기만 한 것이 아니었다. 그 이상의 이익을 학원에 안겨 주었다.

이쯤에서 손을 털고 기가스터디로 이직한다고 해도 큰 문제는 일어나지 않을 것이다.

"후우……."

답답한 마음에 윤우는 휴대폰을 들었다. 1번을 길게 누르려고 하다가, 윤우는 2번을 길게 누른다.

곧장 박성진의 휴대폰으로 전화가 연결되었다.

– 웬일이야? 니가 전화를 다 하고.

"바뻐? 안 바쁘면 술이나 한잔 하자고."

– 술? 너 무슨 일 있냐?

윤우는 피식 웃었다. 아무튼 성진이는 예나 지금이나 귀신같이 눈치가 빠르다.

"무슨 일 있어야 술 마시자고 하는 건 아니잖아."

– 매번 논문이다 일이다 바쁜 놈이 전화해서 술 마시자고 하면 무슨 일이 있는 게 분명하지. 내가 가방끈은 짧지만 그 정도는 안다 인마.

"그래서, 시간 있는 거냐 없는 거냐?

- 오늘은 야근. 그러니 이 형님께서 특별히 전화로 들어주마. 혹시 가연이랑 싸운 거냐? 아니면…….

"됐어. 아무 일도 아니야. 일 해라. 방해해서 미안.

윤우는 전화를 끊었다. 괜히 바쁜 사람 붙잡아놓고 하소연하고 싶은 마음은 없었다.

'어차피 선택은 내가 내려야 해.'

그때 문자 수신음이 들렸다. 휴대폰을 열어보니 성진에게 문자가 와 있다. 윤우는 확인 버튼을 눌렀다.

- 너답지 않게 왜 그래? 그냥 하던 대로 해.

별 내용은 없었다. 하지만 윤우는 그 문자를 한참동안 내려다보았다. 성진이 덕분에 잠시 잊었던 것을 떠올려 낼 수 있었다.

윤우는 자리에서 일어서 책장 앞에 섰다. 회귀 전부터 어려운 선택을 앞두고 마음을 다잡을 때 하던 그만의 버릇이 있다.

게오르크 루카치의 '소설의 이론'을 꺼낸 윤우는 침대에 걸터앉아 맨 앞부분을 펼쳤다.

- 별이 빛나는 창공을 보고, 갈 수가 있고 또 가야만 하는 길의 지도를 읽을 수 있던 시대는 얼마나 행복했던가?

그리고 별빛이 그 길을 훤히 밝혀 주던 시대는 얼마나 행복했던가?

윤우는 그 부분을 마음속으로 곱씹었다. 그리고 자신의 별이 어떤 것인지, 또 펼쳐진 지도는 어떤 모양인지를 살펴보았다.

그렇게 한참의 시간이 흐르자 그는 확고한 결정을 내릴 수 있었다.

깊은 밤이었지만, 윤우는 즉시 손민욱 대표에게 전화를 걸었다.

◈

점심 식사를 마친 윤우와 차 대리는 옥상에서 한숨을 돌렸다. 두 사람의 손엔 아이스커피가 한 잔씩 들려 있다. 오늘은 윤우가 한잔 샀다.

"너 뭐 좋은 일 있어?"

차 대리가 수상한 눈빛으로 윤우에게 물었다. 그럴 만도 했다. 오늘따라 윤우는 기분이 좋아 보였으니까.

"좋은 일은 무슨요. 그냥 날씨가 좋아서 그래요. 아, 이런 날은 바닷가에 가서 수영을 해야 제 맛인데."

"아니. 그 정도가 아니야. 이거 수상한데… 어디 좋은

데에서 스카웃 제의라도 받았나?"

손민욱 대표에게 제안을 받았다는 소문이 벌써 퍼졌나 싶었지만, 아마 아닐 것이다.

차 대리의 성격상 만약 그 소문이 귀에 들어간다면 직설적으로 물었을 것이다. 너 회사 옮길 거냐고.

윤우는 피식 웃었다.

"누가 절 데려가요? 일 할 시간도 부족한 일개 학생일 뿐인데."

"모르는구나? 너 은근 유명 인사야. 우리 대표님이 외부 업체 미팅할 때마다 네 칭찬을 얼마나 하고 다니시는데."

며칠 전 손민욱 대표에게 들은 이야기였다. 그래도 윤우는 처음 듣는 양 고개를 갸웃했다.

"그래요? 그런데 유명 인사 치고는 인터뷰 요청도 하나 없고 조용했잖아요."

"두어 건 들어오긴 했었어. 대표님이 다 차단을 했지."

"왜요?"

차 대리는 팔을 벌리며 어깨를 으쓱했다.

"신비주의 전략이라나? 우리 회사의 비밀병기라면서."

그럴 거면 업계 사람들한테 자랑이나 하고 다니지나 말지.

피식 웃은 윤우는 문득 재미있는 생각이 들어 슬쩍 질문을 던졌다.

"그런데 혹시 말이죠. 제가 다른 곳으로 이직하게 되면 차 대리님은 어떠실 것 같아요?"

"어떻긴? 가면 가는 거지. 이 바닥은 이직률이 높은 편이라 별일도 아냐."

의외로 차 대리는 쿨한 반응을 보였다. 하지만 윤우는 그녀에게서 시선을 떼지 않았다. 아직 뒷말이 남은 듯한 분위기였기 때문이다.

빌딩 너머 먼 하늘을 보던 차 대리가 살짝 웃으며 윤우 쪽으로 고개를 돌렸다.

"그래도 네가 다른 회사로 가버리면 조금 서운하긴 할 거야. 아주 조금. 그래. 쪼오금."

윤우는 웃었다.

명성학원에 남기를 잘했다고 생각했다.

"더 열심히 해서 많이 서운할거라는 답을 들어야겠는데요?"

"뭐? 이 건방진 녀석!"

"아야!"

윤우는 시원하게 등짝을 한 대 맞았지만 왠지 웃음이 나왔다. 친누나가 있으면 이런 느낌일까 싶었다.

이직하지 않기로 결정하고 나니 모든 일이 즐겁게 느껴졌다. 사무실의 공기 자체가 확 달라진 느낌이다.

윤우에게 있어 인터넷사업팀 업무는 일이라기보다는 놀

이처럼 느껴졌다. 기가스터디에는 없는 '즐거움'이 있었다.

그 즐거움은 돈으로도 살 수가 없는 것이었다. 왜냐하면 인간과 인간 사이의 신뢰가 빚어 낸 감정이기 때문이다.

윤우는 조금 더 이 사람들과 함께 움직이고 싶었다. 지금 눈앞에 떠오른 저 태양처럼 보다 높은 목표를 향해서.

NEO MODERN FANTASY STORY

뉴 라이프
NEW LIFE

Scene #25 보너스

Scene #25 보너스

뜻밖의 제안을 거절한 날로부터 한 달이 지났다.

단정히 옷을 차려입은 윤우가 명성학원 인터넷사업팀 사무실 안으로 들어왔다.

"안녕하세요."

표정이 여느 때보다도 환해 보였다. 그의 손엔 오늘도 시원한 음료가 캐리어에 들어 있었다.

"오늘도 사는 거야?"

차 대리가 신나는 목소리로 물었다. 이미 그녀는 아메리카노를 들고 쭉쭉 빨아 마시고 있었다.

"차 대리님은 정말 빠르시네요."

"광고에도 나오더라. 속도가 생명인 인터넷 시대라고.

아무튼 잘 마실게."

"고마워."

"저도 잘 마실게요!"

다른 직원들도 커피를 하나씩 잡았다. 마지막으로 정 팀
장도 합세했다.

"윤우가 한 턱 쏠만하지. 오늘 오면서 매출 이야기 들었
지?"

"예. 대표님 전화 받았어요."

"기분이 어때? 또 사고 친 기분 말이야."

"끝내주죠."

윤우는 솔직하게 감정을 표현했다.

말 그대로 대박이었다. 이번 달 신규 가입자 수만 약 6
만 7천. 부가 수입을 합쳐 대략 30억 원에 이르는 어마어
마한 수익을 냈다.

그것은 일부였다. 일전에 PMP업체와 제휴 사업을 진행
하고 있던 것도 연일 성공신화를 써내고 있었다. 이것까지
합치면 윤우가 끌어온 수익은 50억을 훌쩍 넘는다.

덕분에 수많은 미디어에서 연일 명성학원에 대한 기사
와 뉴스를 쏟아내고 있었다. 그러다 보니 이재환 원장과
정현철 팀장은 정신없는 하루하루를 보내야 했다.

물론 우연이라고 평가절하하는 사람도 많았다.

하지만 그것은 결코 우연이라고 할 수 없었다.

가입자 현황을 보면 답이 나온다. 대체로 명성학원 온라인 강의는 수도권에 가입자가 집중되고 있었는데, 이번 달에는 전국적으로 균일하게 가입자가 늘었다.

그것은 윤우의 계획이 적중했기에 가능한 일이었다. 윤우는 지역을 가리지 않고 고르게 프로젝트를 진행했다. 당초 10억으로 예상했던 비용은 20억으로 껑충 뛰었다.

이재환 원장의 추가 지원이 없었더라면 불가능한 일이었을 것이다. 그는 눈앞의 내일을 보지 않고 먼 미래를 보았다. 그리고 성공을 맛보았다.

거기에서 끝나는 것이 아니었다. 명성학원은 몰려드는 이용자들을 소화할 수 있게끔 서버를 증설했다. 또한 편의 게시판을 다양하게 만들어 차별화를 모색했다.

대표적으로 피드백 게시판이 그랬다. 강좌마다 보조강사가 한 명씩 붙어 수강생들의 질문에 답변을 실시간으로 달아주는 그런 유용한 곳이었다.

이 모든 것이 윤우의 머릿속에서 나왔다. 그러니 팀원들은 대단하다고 생각할 수밖에 없었다. 물론 대표인 이재환 원장을 포함해서 말이다.

정 팀장이 대견스런 눈빛으로 윤우를 보며 어깨를 토닥였다.

"보수적으로 계산해도 다음 달엔 매출이 50퍼센트 이상 늘어날 것 같다. 네 대단한 아이디어 덕분에."

"대단하긴요. 끝까지 믿어주신 대표님 덕이죠."

"뭐야, 우리 덕은 없어?"

차 대리가 서운하다는 듯 말하자 일동이 모두 웃음을 터트렸다.

"물론 있죠. 여러분들이 도와주시지 않았다면 성공하지 못했을 겁니다."

"뭔가 엎드려 절 받기인데?"

"이봐 차 대리. 윤우 그만 좀 괴롭혀. 그러다 다른 회사로 옮기면 어쩌려고 그래?"

정 팀장이 윤우를 감싸자 차 대리가 입을 씰룩거렸다. 그렇게 인터넷사업팀원들은 휴식 겸 수다를 떨며 즐거운 한때를 보냈다.

그러나 오늘은 월요일이었기 때문에 수다는 오래 가지 못했다. 다들 자리에 앉아 끊임없이 쏟아지는 전화에 이메일에 매달렸다.

윤우는 인터넷 서핑을 하고 있었다. 언뜻 보면 놀고 있는 것처럼 보였지만, 그는 분명 일을 하고 있었다.

'관련 기사에 악플을 다는 사람들이 근래에 많이 보이는데? 아이디도 뭔가 좀 비슷한 것 같고.'

의심 가는 바는 있었다. 아마도 경쟁업체에서 아르바이트생을 고용해 여론 조작을 하는 것이리라.

미래를 살다 온 윤우는 댓글이 가진 힘을 누구보다 잘

이해하고 있었다. 때로는 사람을 죽이기도 하고, 때로는 나라의 운명을 좌지우지하기도 했으니까.

윤우는 이대로 방치하면 안 되겠다는 생각을 했다. 눈에는 눈, 이에는 이. 상대방이 댓글로 공작을 한다면 즉시 대응을 해야 했다.

"팀장님. 포털 댓글이 심상치가 않네요."

"댓글? 한번 보자."

정 팀장이 자리에서 일어서 윤우의 자리로 왔다. 윤우는 몇몇 페이지를 띄워 댓글을 보여주었다. 쌍시옷이 없었다 뿐이지 욕과 다를 바 없는 댓글이었다.

정 팀장은 별다른 표정의 변화가 없었다.

"이런 이슈가 있다는 걸 듣긴 했는데 조금 더 지켜볼 필요가 있지 않을까? 중요한 건 기사지 댓글이 아니니까."

윤우는 고개를 가로 저었다.

"지금 바로 액션을 취해야 할 것 같아요. 댓글은 생각보다 굉장히 큰 위력을 가지고 있거든요. 경쟁사의 공작일 수도 있고요."

다른 사람의 말이 아니라 윤우의 말이었다. 정 팀장은 보다 신중하게 접근했다.

"대책은?"

"우리도 아르바이트생을 쓰는 게 어때요? 나쁜 여론에 대응할 수 있는 전담 인력이요."

정 팀장은 턱을 괴며 생각에 잠겼다. 옆에서 가만히 있던 차 대리도 웬일로 진지한 표정을 짓고 있다.

"상대방이 거짓말을 하니 우리도 거짓말을 하잔 말이야?"

"거짓말은 아니죠. 왜곡된 정보만 바로잡아 주면 됩니다."

차 대리가 고개를 갸웃했다. 잘 이해하지 못한 기색이다. 윤우는 손가락으로 모니터를 가리키며 댓글을 짚었다.

"보세요. 여기엔 서버 다운이 잦아서 강의를 볼 수 없다고 하는데, 실제로 다운된 적은 딱 한 번뿐이었잖아요?"

"그렇지."

"그러니까 그런 부분에서만 올바르게 잡아주면 된다 이겁니다. 제가 댓글을 달아 볼게요."

윤우는 즉시 댓글을 달았다.

- 나도 명성학원에서 강의 듣는데 지금까지 서버 다운된 적 딱 한 번뿐이었다. 너 알바냐?

차 대리가 그 댓글을 보고 감탄했다.

"이야, 역시 국문과네. 너 알바냐니."

"흐음, 그래. 조금 더 생각해 보지. 내가 따로 대표님께 보고는 드려 볼게."

"알겠습니다."

일 하나가 마무리되는 분위기에 차 대리가 기지개를 쭉 폈다.

"으랏차, 드디어 점심시간이네요. 다들 나가서 점심이나 먹죠."

"벌써 시간이 그렇게 됐나?"

정 팀장이 되묻자 윤우도 시계로 고개를 돌렸다. 벌써 12시가 다 되어 있었다.

그런데 그때 뒤에서 문이 열렸다.

모두가 사무실 안에 있었기 때문에 손님인가 싶었다. 무심코 고개를 뒤로 돌리니 예쁜 여자가 손을 들며 자신에게 알은척을 했다.

윤우는 정말 깜짝 놀랐다.

가연이었다. 그녀는 생긋 웃더니 주변에 인사를 했다. 손엔 보따리가 한아름 들려 있었다.

"안녕하세요."

차 대리가 일어서서 가연을 맞았다.

"예, 안녕하세요. 어쩐 일로 오셨어요?"

인터넷사업팀에 손님이 오는 경우는 드물다. 업체 미팅을 제외하면 외부인이 들어올 일은 거의 없었다. 그랬기에 다른 직원들도 이쪽을 주목했다.

가연은 윤우의 옆에 나란히 섰다.

"윤우 애인인데요. 도시락을 좀 싸왔어요. 곧 점심시간 이니 다들 같이 드셨으면 해서."

보따리가 도시락이었던 모양이다. 윤우는 쑥스러운 표 정을 지으며 가연에게 귀엣말했다.

"왜 안하던 짓을 하고 그래? 그리고 여긴 어떻게 왔 어?"

"어떻게 오긴. 원장님께 물어봤지."

"초면에 신세를 지네요. 잘 먹겠습니다."

정 팀장이 신사답게 가연에게 인사를 건넸다. 반면 차 대리는 이미 실실 웃으며 도시락을 열고 있었다.

"오, 이것 좀 봐. 본격적인데?"

"와아. 정말 맛있겠는데요?"

다른 직원들도 다가와 도시락을 살펴보며 감탄을 내뱉 었다.

총 5단이었다. 1층엔 닭봉튀김과 샐러드, 2층엔 제육볶 음이 보였다. 3층에 베이컨 말이와 소시지, 그리고 4층엔 김밥이 있었다. 마지막 층엔 윤기가 넘치는 과일로 장식되 어 있다.

용기가 넓어서 모두가 먹기에 충분해 보였다. 척 봐도 가연이의 실력이 집대성된 도시락이라 할 만했다. 보기만 해도 군침이 돌았다.

"어떻게 들고 왔어? 무거웠을 텐데."

윤우는 가연이의 오른쪽 팔을 주물러 주었다. 가연이는
괜찮다며 고개를 가로 저었다.

"잘 먹을게요. 그런데 윤우한테 이렇게 예쁜 여자 친구
가 있는 줄은 몰랐네."

"정가연이라고 해요. 차 대리님이시죠? 말씀 많이 들었
습니다."

"말씀이요? 윤우가 제 말을 했어요?"

"네. 친누나 같은 분이라고."

차 대리가 정색했다.

"난 너 같은 동생 둔 적 없다."

다들 웃음을 터트렸다. 한숨을 내신 윤우는 직원들에게
가연이와 함께 점심을 먹겠다고 말하고 밖으로 나왔다.

가연이는 약간 못마땅한 눈치였다.

"같이 도시락 먹지, 왜?"

"너도 점심 안 먹었을 거 아냐. 이대로 보내면 내가 서운
해서 안 돼."

윤우의 따뜻한 배려에 이내 미소를 짓는 가연. 오랜만에
솜씨를 발휘했지만, 다음에 다시 도시락을 챙겨주면 되는
일이다.

그렇게 두 사람은 손을 꼭 잡고 함께 근처에 있는 일식
카레집으로 들어갔다.

주문을 하고 회사 사람들에 대한 이야기를 할 때였다.

이재환 원장에게 전화가 왔다. 윤우는 가연에게 전화를 받고 오겠다고 말한 뒤 잠시 나왔다.

"예, 원장님. 말씀하세요."

– 밖이냐? 사무실에 전화하니까 나갔다고 하던데.

"가연이가 와서요. 같이 점심 먹으려고요."

– 청춘이구만. 도시락 싸왔다면서?

"예."

윤우는 마침 잘 됐다고 생각했다. 강사 추가 영입에 대해 이재환 원장에게 할 말이 있었기 때문이다.

하지만 이재환 원장은 윤우에게 틈을 주지 않았다. 곧장 다른 주제로 이야기를 시작했다.

– 계산 할 건 해야지.

"계산이요?"

– 계약서에 인센티브 조항 있잖아. 기억 안 나?

"아, 그거야 알죠. 그런데 벌써 계산을 해요?"

그 말에 이재환 원장은 껄껄거리며 웃었다. 뭐가 그렇게 즐거운지 감을 잡을 수가 없었다. 하긴, 제휴 사업도 대박, 이번에 성공한 프로젝트도 대박을 쳤으니 뜬금없이 웃을 만도 했다.

– 김윤우. 네 통장으로 인센티브 입금했다. 집에 가서 확인해 봐.

"알겠습니다. 그런데 이번엔 얼마나 나왔어요?"

- 3억.

윤우는 눈을 크게 떴다.

"네?"

전화를 끊은 윤우는 곧장 텔레뱅킹에 접속해 계좌 잔액을 확인했다.

이재환 원장의 말은 사실이었다. 그의 말대로 윤우의 계좌엔 3억이 입금되어 있었다.

'3억이라는 거금을 이렇게 아무렇지도 않게 줘도 되는 거야?'

큰 금액을 받을 것이라는 예상은 있었다. 윤우가 예상한 인센티브는 1억 정도였다. 하지만 3억이 입금되리라고는 그도 예상치 못했다.

'그런데 계약서에 명시되어 있던 인센티브 비율이 이 정도로 컸었나?'

아무리 계산해도 3억이라는 금액은 너무 많았다. 뭔가 다른 대가가 들어간 게 분명하다고 생각했다.

그리고 그 의문은 오래 가지 않아 풀렸다. 이재환 원장에게 문자가 하나 온 것이다.

- 기가스터디 쪽에서 제의를 받았다고 들었다. 그래서 배팅을 더 했어. 모쪼록 내년까지 잘 부탁한다.

문자를 보며 잠시 멍하니 서 있던 윤우는 이내 미소를 지었다. 다시금 명성학원에 남길 잘했다는 생각이 들었다.

단순히 돈 때문은 아니었다. 배팅을 더 할 만큼의 가치를 하고 있다는 사실이 윤우를 기쁘게 한 것이다.

전생에는 한 번도 누려보지 못한 쾌감이었다. 아르바이트생처럼 대학에 고용되어 있던 그였다. 늘 부품처럼 쓰이다 계약이 만료되면 버려지곤 했다. 그것이 시간강사의 숙명이었으니까.

하지만 지금은 달랐다. 비록 신분은 대학생이지만 자신이 하고자 하는 것을 마음껏 펼칠 수 있었다. 동료들의 믿음과 인정을 받으면서 말이다.

'이런 게 인생의 즐거움인가?'

45년이라는 전생이 가르쳐 주지 못한 깨달음.

그것을 얻은 윤우는 흐뭇하게 웃으며 가연이가 기다리고 있는 식당 안으로 들어갔다.

"다녀왔다."

집 안은 조용했다. 하지만 뭔가 낯선 기분이 들어 윤우는 신발장을 확인했다.

굽이 높은 검은색 구두가 있는 것을 보니 슬아가 온 모양이었다. 주의를 기울여 보니 예린이의 방에서 유창한 영어가 흘러나오고 있다.

슬아의 목소리였다. 그녀는 영어를 굉장히 잘한다. 어려서부터 영어 영재 교육을 받았고, 미국에 몇 년 체류한 경험도 있기 때문이다.

'동생이 과외 선생님 하나는 제대로 뒀네.'

흡족하게 웃은 윤우는 옷을 갈아입은 다음 거실에서 간단히 먹을 만한 간식을 준비했다.

슬아가 있어서라기보다는 수능이 얼마 남지 않은 동생의 영양보충을 위해서였다.

이제 8월이니 수능까지는 석 달 정도가 남았다. 실기 시험을 포함하면 다섯 달 정도.

어떤 결과가 나올지는 알 수 없지만, 윤우는 동생이 열심히 한 만큼 좋은 결과를 얻을 거라고 생각했다.

앞치마를 두른 윤우는 핫케이크를 만들었다. 그리고 원두를 그라인더에 갈아 드립커피를 준비했다. 커피는 입이 까다로운 슬아를 위한 것이었다. 예린이가 마실 것은 두유였다.

간식을 다 준비한 윤우는 쟁반에 담아 예린이의 방문을 노크하고 안으로 들어갔다.

"오빠 벌써 왔어?"

"오늘은 일이 일찍 끝났거든. 자, 간식들 먹으면서 해. 핫케이크 구웠다."

"우와! 잘 먹을게!"

예린이의 눈이 반짝반짝 빛났다. 윤우가 만든 핫케이크는 예린이가 가장 좋아하는 음식 중 하나였다.

"언니도 먹어봐. 오빠가 구운 핫케이크는 은하계에서 가장 맛있어."

"과장이 심하네."

슬아는 펜을 내려놓고 무심한 눈으로 핫케이크를 바라본다. 그러다 포크로 한 조각 집어 입에 넣었다. 우물거리던 그녀의 표정이 미세하게 변했다.

"의외로 먹을 만하네."

"의외로라는 부사는 빼주면 안 되냐?"

윤우가 항의했지만 슬아는 대꾸 없이 이번엔 커피를 한 모금 마셨다.

"……에티오피아 예가체프?"

"정답."

하지만 슬아의 표정은 별로 좋지 않았다. 커피를 물끄러미 내려다보며 못마땅한 표정을 짓는다.

"오래 방치해 뒀나 보네. 잡내가 느껴져. 원두가 산화해서 신맛이 강해졌고."

"미안하다. 다음엔 아주 신선한 원두를 준비하지."

물론 그럴 생각은 없었다. 비꼬듯 말한 것이다. 윤우는
입이 저렴해 원두의 미세한 맛까지 구별할 줄은 모른다.

"그런데, 뭐 좋은 일이라도 있니?"

슬아가 문득 물었다. 날카로운 눈이 윤우의 얼굴을 훑었
다. 그녀는 윤우의 사소한 변화까지 모두 감지할 수 있을
정도로 그에게 관심이 있었다.

좋은 일이야 있었다. 3억을 받았는데 기분이 좋지 않으
면 그건 평범한 사람이 아닐 것이다.

물론 윤우는 큰돈이 생겼다는 사실을 그 누구에게도 말
하지 않을 생각이었다. 나중에 때가 되면, 그러니까 집을
옮길 준비가 되면 가족들에게만 천천히 공개를 할 계획이
다.

"살다 보면 좋은 일도 있는 법이지. 그럼 공부 열심히들
해라."

윤우는 문을 닫고 밖으로 나왔다. 그리고 남은 핫케이크
하나와 커피를 쟁반에 올려 자신의 방으로 돌아왔다.

'자, 그럼 본격적으로 시작해 볼까?'

책상에 앉은 윤우가 가장 먼저 한 것은 투자 계획을 세
우는 일이었다.

윤우는 전생에서 백은대학교를 다니며 잠시 주식 투자
동아리에서 활동한 적이 있었다. 그랬기에 현재 주식시장
의 흐름을 대체로 기억하고 있었다.

일단 이 시기의 단기 초대박주는 '고대엘리베이터'였다. 적대적 M&A시도로 인해 1년간 1000퍼센트 이상의 상승률을 보인 대박 주식이었다.

그 다음으로 윤우가 관심을 둔 중기 투자 종목은 같은 계열사인 '고대중공업'. 3년 뒤 37배의 성장을 보여주는 우량주였다.

포털 사업으로 크게 성장하는 '네이비'와 수년 뒤 스마트폰 개발로 글로벌 기업으로 도약하는 '이성전자'도 함께 고려해야 할 종목이었다.

하지만 윤우는 리스트를 빼곡하게 작성하고도 신중하게 고민을 했다.

'단순히 과거를 믿고 투자를 해선 안 돼. 그대로 반복된다는 보장은 없으니.'

실제로 그가 회귀한 이후 지금까지 과거가 그대로 반복되기만 하지는 않았다. 거시적인 사건은 그대로 재현되었지만, 미시적인 사건은 끊임없이 변했다.

그러한 변수가 경제적인 측면에 영향을 끼치지 않을 거라는 순진한 생각은 버려야 했다. 인생은 게임이 아니다. 실전이다.

결국 윤우가 선택한 것은 '분산 투자'였다.

'계란을 한 바구니에 담을 필요는 없지. 재화는 한정되어 있어. 리스크를 최대한 고려해야 해.'

한쪽에서 실패를 하더라도 다른 쪽에서 큰 수익을 얻는 것. 물론 과거가 그대로 반복이 된다면 모든 투자 종목에서 어마어마한 수익을 얻을 수 있을 것이다.

윤우는 하루라도 빨리 재정적으로 안정을 찾는 것이 목표였다. 독립 자금을 마련하고, 가연이와 결혼한 다음 원 없이 공부와 연구를 하고 싶었다.

넓은 단독주택 2층에 개인 서재를 마련하고, 책으로 둘러싸여 있는 환경에서 연구를 하는 것. 시간이 날 때마다 아내와 산책을 나가고, 애완동물과 함께 여유 있는 여가를 보내는 것.

그것이 전생에서 지금까지 이어지고 있는 윤우의 소박한 꿈이자 목표였다.

이제 종자돈을 마련한 이상 꿈에 머무르지는 않을 것이다. 무엇보다도 윤우에게는 그러한 꿈을 현실로 만들어 낼 수 있는 능력이 있었으니까.

윤우는 펜을 움직여 구체적인 투자 계획을 노트에 적기 시작했다.

NEO MODERN FANTASY STORY

뉴 라이프

NEW LIFE

Scene #26 열쇠에 담긴 의미

Scene #26 열쇠에 담긴 의미

윤우는 정말 정신없는 나날을 보냈다. 명성학원 가입자가 증가할수록 업무량이 많아졌고, 한편으로 주식 매수에도 신경을 써야 했기 때문이다.

덕분에 개강을 일주일 앞둔 시점에서야 대학에 나갈 수 있었다. 거의 일주일 이상 얼굴을 비추지 못해 윤우는 마음을 단단히 먹었다.

아마 불호령을 피할 수가 없을 것이다. 송현우 선배의 성격을 보면 말이다.

아니나 다를까, 윤우가 연구실에 들어가자마자 송현우가 미간을 찌그렸다.

"너 요즘 얼굴 보기 힘들다?"

목소리가 제법 가라앉아 있었다. 올 것이 온 것이다.

송현우는 단단히 화가 나 있었다. 마침 소진욱 교수도 연구실에 없었기 때문에 그는 윤우를 세워둔 채로 불쾌한 표정을 지어 보였다.

"죄송합니다. 요즘 일이 좀 많아서요."

"일? 도대체 무슨 일 때문에 그렇게 바쁜 건데? 어디 이유나 좀 들어 보자."

팔짱을 낀 송현우는 삐딱하게 앉아 윤우를 잡아먹을 듯 노려보았다.

"명성학원 인터넷사업팀에서 계약직으로 일을 하고 있거든요. 그래서 요즘 그쪽 일에 신경을 쓰느라 조금 소홀했습니다. 죄송합니다."

"그게 다야?"

"예?"

"그게 다냐고."

"다른 일도 있긴 했지만 크게 영향을 끼칠 만한 일은 아니었어요."

침묵이 시작되었다.

하지만 그 침묵은 오래가지 못했다. 돌연 송현우가 한숨을 내쉰 것이다.

"하, 나 진짜. 야 이 새끼야. 너 지금 제정신이냐? 다른 일도 아니고 학원이라니?"

탕!

송현우가 들고 있던 책으로 책상을 내리쳤다. 묵직한 충격음과 함께 연구실 내부가 조용해졌다.

"학문을 하겠다는 놈이 학원엔 왜 기어나가는 거야? 정리 못한 자료가 지천에 널려 있는데. 대학원은 폼으로 가려고 하는 거였어? 엉?"

"아뇨. 그런 게 아닙니다. 명성학원은 학창 시절 개인적으로 신세를 진……."

"신세는 무슨 신세야! 소 교수님이 연구보조원으로 써주셨으면 감사한 마음으로 학교 일에 매달려야지, 지금 니가 무슨 짓을 하고 있는지 알기나 해?"

목소리가 쩌렁쩌렁 울려 퍼졌다. 귀가 아플 지경이었다.

물론 윤우는 할 말이 많았지만, 지금은 본인의 잘못이 컸기 때문에 변명을 하지 않았다. 현우의 성격상 괜히 그랬다가는 일이 더 커질 수 있었다.

"너도 졸업해서 학교 간판 내세워가며 강의 뛰면서 돈이나 쳐 받아먹으려고 한국대 왔냐?"

"그런 거 아닙니다."

"근데 왜 우리 프로젝트가 우선순위에서 밀렸냐고! 대학원까지 온다던 새끼가 학원에서 빈둥거리느라 못 왔다? 나 참 어이가 없네."

윤우는 대꾸하지 못했다. 이를 꽉 깨물며 분노하던 송현우는 자리에서 벌떡 일어섰다.

"나가 이 새끼야! 꼴도 보기 싫으니까."

"⋯⋯죄송합니다."

어쩔 수 없이 윤우는 한발 물러서야 했다. 문을 닫고 연구실에서 나갔다. 한숨이 절로 흘러 나왔다.

생각했던 것보다 현우는 화가 많이 난 듯싶었다. 이걸 어떻게 해결해야 할지 고민이 되기 시작했다.

"혼났나보네?"

서은하였다. 늘 활기찬 표정이었는데, 지금은 걱정스러운 얼굴을 하고 있다.

윤우는 가볍게 그녀에게 목례했다. 억지로 웃으면서.

"어쩌다보니 그렇게 됐네요."

"옆방까지 오빠 목소리 다 들리더라. 무슨 일이 있었던 거야? 오빠가 좀 무섭긴 해도 저렇게 소리를 지르는 일은 흔하지 않은데."

윤우는 있었던 일을 솔직히 그녀에게 전부 털어놓았다. 두 사람이 자하당 앞 벤치에 앉을 때까지 윤우의 이야기는 계속되었다.

"혼날 만도 했네. 송 선배 사교육 되게 혐오하거든. 약간 병적으로 느껴질 정도로. 왜 그런지는 나도 잘 모르겠는데, 아무튼 너 제대로 걸렸다. 어떡해?"

윤우는 잠시 할 말을 잃었다.

"어떡해라뇨. 그건 제가 해야 할 말인 것 같은데… 아무튼 방법이 없을까요? 누나는 오랫동안 송 선배를 알고 지냈으니 잘 알 거 아녜요."

"국문과에 전해 내려오는 속담이 하나 있어. 열 길 물속은 알아도 한 길 송현우 마음은 모른다고."

"그 정도예요?"

은하는 고개를 끄덕였다. 눈빛이 진지한 것이 사실인 모양이었다.

윤우는 발 근처에 있던 조약돌을 주워 연못에 힘껏 던졌다. 잔잔한 수면에 파문이 일었다. 그것을 물끄러미 바라보며 벤치에서 일어섰다.

"이러고 있을 때가 아니지. 어떻게든 해 봐야겠네요. 아무튼 이야기 들어주셔서 감사해요."

"그래. 힘내라. 술 고프면 전화하고."

"고마워요, 누나."

연구실에서 쫓겨난 터라 딱히 갈 곳이 없었던 윤우는 캠퍼스 내를 방황하듯 걸었다. 손을 주머니에 찔러 넣고 바닥으로 시선을 내리깐 채.

'하필 이 시기에…… 문학사전 완성도 얼마 남지 않은 상황인데.'

소진욱 교수가 추진했던 문학사전 프로젝트는 최종 테

스트를 끝내고 제품화 단계에 있었다. 저번 주에 알려진 버그를 수정했으니 이번 주부터는 마무리 테스트만 하면 되었다.

프로젝트를 마무리 한다는 점에서 굉장히 중요한 시기였다. 그랬기 때문에 현우가 더욱 예민하게 반응한 것이다. 윤우의 임무가 결코 가볍지 않았으니까.

'내가 지나쳤던 건 사실이야. 현우 선배의 말도 일리가 있지. 우선순위를 대학에 뒀어야 했는데… 명성학원에 신경을 너무 쓰고 있었어.'

만약 윤우가 진행하던 프로젝트가 성공하지 않았더라면 이렇게 많은 시간을 명성학원에 빼앗기지 않았을 것이다.

사업에서의 성공은 전생을 포함한 윤우의 인생에서 처음 겪는 특별한 일이었다. 그만큼 거부하기 힘든 재미를 느꼈다. 그러다보니 뜻하지 않게 연구실에서 조금 멀어져 버린 것이다.

그렇게 자책하며 한참동안 방황한 윤우는 결국 인문관으로 다시 돌아왔다. 일단 과실에 앉아 송현우 선배의 화를 풀 방법을 생각해 보려고 했다.

그렇게 계단을 오를 때, 출입구에서 통화를 하는 슬아의 모습이 보였다. 상대가 외국인인지 영어로 통화를 하고 있다. 윤우는 손을 들어 보이며 그녀를 지나쳤다.

"김윤우."

1층을 거의 다 올라갈 때 쯤 뒤에서 슬아 목소리가 들렸다. 전화를 금방 끊었는지 계단을 따라 올라오고 있었다.

"왜?"

"예린이 일 때문에 잠깐 상의하고 싶은데."

윤우는 슬아 쪽으로 완전히 돌아섰다.

"급한 일이야?"

"아니, 그렇게 급하지는 않아. 만난 김에 수능까지의 계획을 설명해 주고 싶어서. 최근 예린이가 고민하는 것들을 공유할 필요도 있어 보이고."

윤우가 잠시 고민하는 것을 눈치챈 슬아가 씁쓸히 웃었다. 요즘 그가 단둘이 있는 상황을 피하려 한다는 것을 그녀도 분명히 인지하고 있었다.

"다른 의도는 없어. 일단은 예린이 과외 선생님이자 멘토로서 하는 말이야."

슬아가 선을 분명히 그어준 덕분에 윤우는 한결 마음을 편히 먹을 수 있었다.

"신경 써 줘서 고맙지만 나중에 하자. 지금 별로 그럴 상황이 아니라서."

"무슨 일 있었구나?"

동생 일이라면 만사 제쳐놓고라도 달려들 윤우였다.

그런데 나중에 하자니 슬아가 이상하다고 느끼는 것은 당연한 일이었다.

"연구실에 좀 사소한 문제가 생겼어. 오늘 내로 해결할 생각이야. 지도교수님이 돌아오시기 전까지."

"그래. 그럼 다음에."

슬아는 깨끗하게 물러나는 것으로 다른 의도가 없다는 자신의 말을 증명했다.

윤우는 바로 과실로 올라왔다. 방학이라 아무도 없을 줄 알았는데 승주가 안에서 사물함을 정리하고 있었다.

"안 그래도 소진욱 선생님 연구실에 들러볼까 생각하고 있었는데 딱 맞춰서 나타나 주네."

손을 들어 인사를 대신한 윤우는 의자에 앉았다. 그리고 승주에게 물었다.

"요즘 얼굴 보기 힘들다. 바쁘다면서?"

"계속 도서관에 있다 보니 과실엔 들를 일이 별로 없더라. 넌 프로젝트 잘 되고 있는 거야?"

"그럭저럭."

승주는 두꺼운 책을 두 권 꺼낸 다음 사물함을 닫았다. 그리고 윤우의 맞은편에 앉아 정소영에게 온 문자에 답장을 했다.

한편 윤우는 테이블에 덩그러니 놓여 있는 날적이를 펴 낙서를 하며 아까 연구실에서 있었던 일을 돌이켜 보는 중이었다.

휴대폰을 내려놓은 승주가 윤우를 주목했다.

"소진욱 선생님께 얼핏 들었는데 마무리 단계라면서?"

"아마 이번 주 내로 정리가 끝날 것 같아."

"그런데 썩 반가운 얼굴은 아니네."

승주의 지적에 윤우는 씁쓸히 웃었다. 현우와 있었던 일을 생각하다 보니 얼굴에 티가 난 모양이었다. 승주는 왜 그런 표정을 하고 있는지 굳이 캐묻지는 않았다.

윤우는 잠시 연구실 문제는 접어두고, 승주가 가지고 온 책에 흥미를 보였다.

김병철의 '한국근대번역문학사연구'였다. 1975년에 나온 책으로, 꽤 연식이 된 책이지만 번역 및 번안소설을 연구하는 데 있어 필수적인 자료다.

중간 중간 플래그로 표시된 부분을 훑으며 승주가 무엇을 관심 있게 조사하고 있는지를 살펴보았다. 방학에도 이런 저런 이야기를 주고받았기 때문에 낯설진 않았다.

"오늘 저녁에 시간 괜찮아?"

책에서 눈을 떼지 않은 채로 윤우는 고개를 끄덕였다. 승주가 계속 말했다.

"그럼 맥주 한 잔 하자. 네 의견을 들어야 할 문제들이 산더미야."

"그럼 7시쯤 보자. 우리가 늘 가는 거기에서. 연구실 일 마무리 짓고 갈 테니까."

고개를 끄덕인 승주는 이따 보자는 말을 남기고 과실을 나섰다.

주위가 다시 조용해졌다.

윤우는 의자에 몸을 기댄 채 다시 연구실 문제를 머릿속에 펼쳤다.

'차라리 무보수로 일을 도와 드리는 게 나을 뻔했어.'

송현우가 지적한 대로 자신은 연구 보조원이었다. 프로젝트에 이름이 올라가 있고, 월 50만 원씩 꾸준히 연구비를 받는 사람인 것이다.

액수가 중요하지 않다는 건 윤우도 잘 안다. 액수보다 중요한 건 프로젝트에 정식으로 참여하고 있다는 것이었다. 그만큼 책임감이 부여되는 것은 당연한 일.

'하긴, 바꿔 생각해보면 내 밑에 있는 녀석이 그랬더라도 가만히 안 뒀을 거야. 송 선배처럼 과격하게 꾸짖지는 않았겠지만.'

입장을 바꿔 놓고 생각해 보니 보다 차분하게 생각을 정리할 수 있었다. 왠지 현우의 심정을 이해할 수 있을 것 같았다. 사교육을 혐오하는 것은 빼고 말이다.

'그렇다면 이 시점에서 내가 할 수 있는 일은?'

다행히 윤우에겐 오랜 기간 동안의 대학원 경험이 있었

다. 자신이 현우의 입장에 처했을 때, 잘못을 저지른 후배가 어떻게 행동하면 가장 마음에 들까를 고민했다.

잠시 후 답이 나왔다.

애초에 선택지는 둘 중 하나였다. 이대로 도망가든지, 아니면 부딪히든지.

'그리고 나에게 어울리는 답은 딱 하나뿐이지.'

결심을 세운 윤우는 자리에서 일어섰다.

◆

"애 너무 잡는 거 아니야?"

은하가 현우를 찾아왔다. 윤우와 헤어지고 난 직후였다.

책을 읽던 현우는 아무런 대꾸 없이 자리에서 일어서 손님을 위해 커피를 준비하기 시작했다.

알록달록한 꽃무늬가 들어간 머그컵을 꺼냈는데, 현우의 기억으로 그것은 은하가 제일 좋아하는 컵이었다.

"이제 겨우 1학년일 뿐이잖아. 그렇게까지 할 필요 있었어? 뭐, 윤우가 실수한 건 분명 있긴 하지만."

여전히 현우는 말이 없었다. 하지만 얼굴엔 미소를 짓고 있다. 평소 현우에게 보기 힘든 그런 미소였다.

"윤우가 보냈냐?"

"그럴 리가 있어? 걔 그 정도로 양심 없는 애 아니야. 지금 열심히 반성하고 있을 거라구."

"꽤 애쓰네. 마음에 들었나보다?"

한숨을 내쉰 은하는 고개를 절레절레 흔들었다.

"지금 그런 시시한 이야기 하려고 온 게 아니잖아. 강민혜 선생님도 깜짝 놀라셨어. 오빠가 갑자기 소리를 버럭 지르는 탓에."

현우가 살짝 놀랐다.

"뭐? 오늘 선생님 안 나오시는 날이잖아."

"오셨어. 이따가 오후에 급한 회의 잡혔다고 하시던데."

"잠깐 기다리고 있어라."

현우는 그 길로 강민혜 교수 연구실로 가서 강 교수에게 상황을 설명하고 용서를 구했다. 강 교수는 젊은 사람이었다. 재미있다는 듯 웃더니 살살 다루라고 조언했다.

연구실로 바로 돌아오니 은하가 드리퍼에 물을 붓고 있었다. 그윽한 커피향이 연구실을 가득 채웠다.

주전자를 든 모습을 보니 왠지 가정적인 느낌이 들어 현우는 한동안 은하의 뒷모습만 바라보았다.

은하는 여전히 예뻤다. 1학년 신입생 오리엔테이션에서 처음 봤을 때부터 지금까지 그 생각이 변한 적은 없다.

"왜?"

문 쪽에서 인기척을 느낀 은하가 고개를 돌리자 현우는 얼굴에서 미소를 지우고 모른 척했다.

현우는 소파에 앉았다. 이어 은하가 커피가 담긴 머그컵을 앞에 놓아 주었다.

"땡큐."

은하도 맞은편에 앉았다.

"그래서, 윤우는 언제 용서해 줄 건데?"

"하는 거 봐서."

"하는 거 봐서? 오빠, 그거 악취미야. 알아?"

만약 다른 후배가 이런 식으로 공격했다면 어땠을까. 아마 상상할 수도 없는 일이 벌어졌을 것이다. 하지만 현우는 순순히 고개를 끄덕이더니 커피를 한 모금 들이켰다.

"대학원은 네가 생각하는 만큼 그렇게 만만한 곳이 아니야. 놀라울 정도로 불합리한 조직이지. 지금부터 제대로 단련시켜 놓지 않으면 견디기 어려울 거야. 그건 너도 알잖아?"

은하가 입꼬리를 올리더니 헤 하며 웃었다. 현우의 속마음을 간파한 것이다.

"결국 그만큼 윤우가 탐나는 거지?"

현우는 씨익 웃기만 했다.

답은 없었지만 은하는 그 답을 알 수 있었다. 그와 4년을 함께 지냈다. 저 웃음이 무엇을 의미하는지는 잘 안다.

"그럼 나부터 좀 단련시켜 주지 그래. 요즘 너무 방목하는 거 같은데."

"넌 대학원에 안 어울려. 다른 길 찾아봐."

"우와, 엄청 잔인한 말을 아무렇지도 않게 하네."

은하를 한 번 흘겨본 현우는 책으로 가득한 책장으로 시선을 돌리며 입을 열었다.

"능력이 없다는 게 아니야. 너만큼은 평범하게 살았으면 해. 대학원에 오면 포기해야 하는 것들이 꽤 많다고. 그러니까 잘 생각해 봐라. 아직 반년 정도는 시간이 있으니."

제법 진지한 말이어서 은하는 장난스럽게 대꾸를 하지 못했다.

졸업을 앞두고 이런저런 고민이 많았다. 책과 논문을 좋아하지만 대학원이 진짜 자신의 길일까. 어쩌면 평범하게 회사에 들어가 평범한 인생을 사는 것이 더 옳은 길이 아닐까 하고.

그렇게 생각하다보니 문득 은하는 현우의 사생활이 궁금해졌다. 과연 이 오라버니는 무엇을 포기하고 왔는가 하는 그런 궁금증이 말이다.

이어 현우에 대해 아는 게 별로 없구나 하는 생각이 들었다. 그래서 은하가 물었다.

"그럼 오빠는 뭘 포기하고 왔는데?"

"가족."

짧지만 의미심장한 말이었다.

왠지 은하는 더 이상 물으면 안 된다는 강렬한 느낌을 받았다. 여자의 육감이었다. 그래서 입을 꼭 다물었다.

분위기가 좀 이상해졌다. 씁쓸히 웃은 현우는 컵을 든 채 일어서며 은하에게 말했다.

"할 얘기 다 했으면 이제 돌아가 봐. 정리해야 할 자료가 산더미다. 도와줄 생각 없으면 방해할 생각도 하지 마."

"윤우 불러줄까?"

"됐어."

굳이 그럴 필요성을 못 느꼈다. 자기가 알고 있는 윤우라면 곧 모습을 드러낼 것이니까.

현우의 예상은 적중했다. 은하가 나간 지 30분이 채 되지 않아 윤우가 연구실 안으로 들어왔다.

현우 앞에 선 윤우는 꾸벅 인사를 했다. 다리를 꼬고 앉은 송현우의 표정이 어둡게 변했다.

"무슨 낯짝으로 다시 기어 들어온 거야?"

"용서해 달라는 말씀은 드리지 않겠습니다. 나가더라도 제가 맡은 분량은 끝내고 나갈 수 있도록 해 주세요."

그렇게 말한 윤우는 송현우의 허락을 기다리지도 않고 작업용 컴퓨터에 앉았다. 파일에 정리해 둔 최종 테스트 안을 확인하며 프로그램을 순서대로 조작하기 시작했다.

연구실 안이 조용해졌다. 바람이 커튼을 흔드는 소리와 키보드가 눌리는 소리만 들려온다. 팔짱을 끼며 윤우의 뒷모습을 바라보던 송현우는 피식 웃더니 책으로 눈을 돌렸다.

그렇게 한참의 시간이 지났다. 어느덧 창밖으로 노을이 지기 시작했다.

해가 중천에서 산 너머로 기울을 때까지 소진욱 교수의 연구실에선 단 한마디도 오가지 않았다. 윤우와 현우는 각자 맡은 일을 묵묵히 해 나갔다.

저녁 여섯 시가 막 지났을 무렵, 윤우가 자리를 정리하고 컴퓨터를 껐다. 그리고 조심스레 송현우 앞에 섰다. 현우는 책에서 눈을 떼고 윤우를 노려보았다.

"자료 정리 마치고 최종 데이터 메일로 보내 놨습니다. 특별한 이슈는 없었어요."

"확실해?"

"네. 확실합니다."

여전히 송현우의 표정엔 변화가 없었다. 굳이 표현하자

면 세상의 모든 불만이 가득 들어찬 얼굴이었다.

현우는 마우스를 움직여 윤우가 보낸 메일을 확인했다. 파일을 열어보니 그간 밀려있던 일이 말끔히 해결되어 있었다.

이대로라면 마무리 테스트를 종료해도 상관없었다. 그렇게 판단한 현우는 달력을 확인했다. 예상했던 일자보다 5일을 앞당긴 성과였다.

"여기서 한 가지 생각해 볼 문제가 있지. 이제 우리가 만든 문학사전을 어떻게 활용해야 할까?"

윤우는 자신이 집에서 놀고만 있지는 않았다는 것을 이 질문에 대한 대답을 통해 입증하기로 했다.

실제로 윤우는 제안서 초안을 인쇄해 가방에 넣고 다녔다. 필요할 때 바로 쓸 수 있도록 말이다.

"소진욱 선생님은 CD로 제작해서 배포하자고 하셨는데, 제 생각은 조금 다릅니다."

"다르다? 어떻게."

"포털 업체와 계약을 하고 온라인으로 백과사전 서비스를 진행하는 게 좋을 것 같습니다."

실로 파격적인 아이디어였다.

당시 문학 콘텐츠는 대개 CD로 제작되어 배포되는 것이 일반적인 일이었다. 교수들이 그만큼 미디어 트렌드를 따라가지 못한 탓이 컸다.

"이유는?"

"우리가 만든 사전이 단순히 문학 전공자들의 편의를 위해 만들어졌다는 게 좀 아깝습니다. 제 생각에는 굉장한 잠재력을 가지고 있거든요. 연구는 물론 일반인들의 학습용으로도 광범위하게 사용될 수 있을 겁니다. 그렇게 하려면 온라인 매체를 활용해야 합니다."

윤우는 향후 네이비가 백과사전 전문업체와 계약을 맺고 검색 서비스를 시행한다는 것을 알고 있었다. 후에 네이비는 모든 지식이 모이는 데이터베이스 역할을 한다.

그 흐름에 편승할 수 있다면 유무형의 여러 이득을 챙길 수 있을 것이 분명했다. 윤우가 보기에 문학사전은 충분히 경쟁력이 있는 콘텐츠였다.

"문서로 정리해 둔 게 있나?"

"예. 잠시만요."

자리로 돌아가 가방을 연 윤우는 미리 써 두었던 제안서를 꺼내 송현우에게 건넸다. 현우는 그것을 훑어보았는데, 여전히 표정의 변화는 없었다.

"네이비라… 우리와 손을 잡으려고 할까? 너무 나이브한 생각인 것 같은데."

"그건 아무도 모르는 거죠. 해보지 않고서는요."

이어지는 말은 없었다. 현우는 제안서를 보며 무언가를 생각하는 듯했다.

훌륭한 제안서였다. 톤 다운된 어조로 콘텐츠의 특징을

잘 설명하고 있었다. 향후 이용계층과 유형에 대한 분석까지 깔끔히 되어 있었다.

현우가 보기에도 하루아침에 이렇게 방대한 데이터를 제안서에 넣을 수는 없었다.

'집에서 마냥 놀고만 있지는 않았던 모양이군.'

그렇게 판단한 현우는 자리에서 일어섰다. 그리고 윤우가 건넨 제안서를 소진욱 교수의 책상 위에 올려두어 그가 확인할 수 있게 했다.

"받아."

현우가 손을 움직이자 반짝이는 것이 허공을 가르며 날아왔다. 윤우는 반사적으로 그것을 받았다. 차가운 감촉이 느껴졌는데, 살펴보니 열쇠였다.

"연구실 정리하고 가라. 내일은 내가 못 나올 거니 참고하고. 열쇠는 시간 날 때 하나 복사해 둬."

현우는 바로 가방을 챙겨 연구실을 나섰다.

윤우는 열쇠를 물끄러미 바라보았다. 몇 번 뒤집어보다 손에 꼭 쥐었다. 곧이어 그의 입가에 미소가 걸렸다.

승주와 술잔을 기울인 다음 날, 윤우는 동생 덕에 늦잠을 면할 수 있었다. 알람을 듣고도 일어나지 못할 것 같아

예린이에게 특별히 부탁한 것이다.

오전 7시. 부스스한 눈을 끔뻑이며 식탁에 앉은 윤우는 동생이 차려주는 아침상을 받았다.

손에는 휴대폰이 들려 있다. 자판을 꾹꾹 눌러 가연이에게 아침 인사를 적었다.

윤우는 어제 연락을 못해 미안하다는 말도 덧붙였다. 연락을 못해서 그녀가 토라지거나 하지는 않겠지만, 확실히 해 두는 편이 후환이 없는 법이다.

"대체 몇 시에 들어온 거야? 문자 못 봤으면 어쩔 뻔했어."

"네 시."

"에휴, 그러다 쓰러지면 어떡하려고 그래? 몸 생각 해야지. 오빠 요즘 일하느라 무리했잖아."

"아무리 그래도 수험생만 하겠냐."

윤우는 길게 하품을 했다.

어제는 특히 스테미너 소모가 심했다. 자료 해석을 놓고 승주와 논쟁이 붙으면서 새벽까지 쉴 새 없이 떠들어야 했기 때문이다.

그래도 보람 있는 시간이었다. 승주는 나이에 비해 지식이 많은 친구였다. 게다가 자료를 읽는 시각 또한 새롭고 신선했다. 덕분에 윤우는 그와의 논쟁을 즐겼다.

"어휴, 술 냄새. 진짜 오빠를 보면 대학생들은 공부가 아니라 술을 마시러 다니는 것 같아."

"마치 자기는 대학 가도 술 같은 건 입에도 안 댈 것처럼 말하네."

예린이는 인상을 쓰며 국을 한 숟갈 떴다.

"어쨌든 지금은 안 마시잖아."

"자랑이다."

수능을 앞둬서 그런 걸까. 요즘 들어 동생이 예전처럼 착하게 굴지를 않는다. 나름 섭섭한 면도 있었지만 윤우는 동생의 새로운 면도 나쁘지 않다고 생각했다.

"그런데 너 다른 과목은 과외 필요 없어? 프로젝트 하나 끝나서 이제 시간이 좀 날 것 같은데. 국어든 수학이든 필요하면 가르쳐 줄게."

"괜찮아. 내가 가려는 데는 영어 가중치만 있거든."

"그래?"

"나 봐줄 시간에 가연 언니랑 좀 놀아 줘. 언니니까 참고 오빠 만나 주는 거지 다른 사람이었으면 벌써 차이고도 남았을 거야. 세상에, 주말에도 일하러 나가는 눈치 없는 남친이 또 어디에 있어?"

"야, 너 진짜……."

하지만 윤우는 더 이상 말을 잇지를 못했다.

표현은 좀 과격하지만 틀린 소리는 아니었기 때문이다. 최근 바빠지기 시작하면서 가연이와 자주 만나지 못하고 있었다. 한창 좋을 때인데 여러모로 그녀에게 미안했다.

"근데, 가연이가 너한테 뭐라고 하든?"

"아니? 특별히는 없었어. 언니 그런 성격 아니잖아."

윤우는 고개를 끄덕였고, 그렇게 두 남매는 아무 말도 없이 식사에 열중했다.

밥공기를 반쯤 비웠을 때였다. 뭔가를 떠올린 예린이가 지나가듯 말했다.

"근데 요즘 나리 언니랑 성진 오빠는 뭐 하고 지내?"

"성진이는 회사에서 열심히 일하고 있겠고, 나리는 학교 다니고 있겠지. 나도 요즘은 통 연락을 못 해봤네. 그런데 왜?"

"그냥, 다들 뭐하고 지내나 싶어서. 학교에 언니오빠들 없으니 왠지 허전하기도 하고. 아, 그때가 좋았어. 다 같이 학생회실에서 떠들고 놀 때가……."

예린이가 젓가락으로 밥을 깨작거리기 시작했다. 기운이 없어 보이는 게 신경이 쓰였다.

하긴, 수능이 얼마 남지 않았으니 마음이 심란할 것이다. 외롭기도 할 것이고.

윤우는 수능을 두 번 봤다. 그랬기에 큰 시험을 앞두고 마음이 얼마나 심란해지는지를 잘 알고 있었다.

뭔가 힘이 되어 줄 수는 없을까.

그런 눈빛으로 동생을 물끄러미 바라보던 윤우는 괜찮은 아이디어를 하나 떠올렸다.

"좋아. 그럼 이번 주말에 다 같이 한번 모일까?"

"다 같이?"

"그래. 기분전환도 좀 할 겸. 이따 내가 애들한테 연락을 돌려 볼게. 너도 주말에 시간 비워 둬. 그날 슬아 과외 있으니 날짜를 바꾸면 되겠네."

예린이는 고개를 끄덕였다. 살짝 웃었을 뿐이지만, 윤우의 눈에는 동생이 여느 때보다도 즐거워 보였다.

오늘은 소진욱 교수가 연구실에 나오는 날이었다. 개인 조교였던 송현우가 자리를 비우기 때문에 윤우는 일찍 나가서 준비를 해야 했다.

윤우는 학교에 가는 길에 옛 학생회 임원들에게 연락을 돌렸다. 학생회는 슬아와 성진, 나리와 예린이로 시작을 했으니 참가 대상자는 이 네 명이다.

슬아와 나리는 흔쾌히 나오겠다고 말했다. 특히 나리는 굉장히 반갑게 전화를 받았다. 이제는 아무 관계도 아니지만 한때 좋아했던 사람의 연락이었으니까.

마지막으로 윤우는 성진이에게 전화를 걸었다. 처음에는 시큰둥한 목소리였는데, 윤우가 예린이 이야기를 꺼내자 갑자기 반색을 한다.

- 진짜야? 예린이가 보고 싶다고 말한 게?

"언니 오빠들이라고 뭉뚱그려 말하긴 했지만 사실이야."

- 오케이. 내가 보고 싶다는데 사표를 내더라도 달려가야지. 이번 주 토요일이라고 했지?

"그래. 그리고 좀 뜬금없는 질문이긴 한데… 너 내가 나중에 사업하면 같이 할 생각 있어?"

- 사업? 니가? 너 나중에 교수한다면서.

"그건 한참 뒤 일이고. 그 전에 몇 가지 사업을 해볼까 생각중이거든. 진지하게 이야기 하는 거야. 농담 아니고."

- 명성학원에서 돈 좀 만졌다는 소문 돌던데 사실인가보구나. 뭐, 나야 좋지. 우리 김 사장님께서 월급만 두둑이 챙겨 주신다면야!

피식 웃은 윤우는 토요일에 보자는 말을 남기고 전화를 끊었다. 이로써 성진이를 마지막으로 모든 임원들의 참가가 확정되었다.

무엇보다도 큰 성과는 성진이가 사업에 대해 긍정적인 생각을 가지고 있다는 것이었다.

다른 사람은 몰라도 윤우는 사업을 하게 된다면 꼭 성진이와 함께 하고 싶었다. 그의 사교성과 추진력이라면 분명 회사에 큰 도움이 될 것이다.

실제로 윤우는 꽤 오래 전부터 벤처기업을 세울 계획을

가지고 있었다. 세부전공을 살려 이야기 관련 콘텐츠 사업에 손을 댈 생각이었다.

수년 후 멀티미디어 디바이스의 폭발적 보급에 힘입어 웹콘텐츠 업계가 탄력을 받게 된다. 윤우는 특히 웹툰과 웹소설의 시장 가능성을 높게 평가하고 있었다.

우선 윤우는 적당한 사이트를 하나 인수해서 성진에게 운영을 맡기고 점차 볼륨을 키워나갈 계획을 세웠다. 물론 시작을 위해서는 투자한 주식이 껑충 뛰어야 한다.

– 이번 정류소는 대학본부입니다. 다음 정류소는 법대 입구입니다.

생각이 좀 길어졌다. 윤우가 성공을 꿈꾸는 사이 어느새 버스가 대학본부 앞에 정차했다.

익숙한 풍경이 보이자 윤우가 깜짝 놀라며 자리에서 일어섰다.

"잠시만요! 내릴게요."

하마터면 버스가 그대로 출발할 뻔했다. 다행히 버스에서 내리는 데 성공한 윤우는 인문관으로 올라갔다. 그리고 잠겨 있던 문을 열쇠로 열고 연구실 안으로 들어갔다.

윤우는 잠시 멈춰서더니 손에 쥔 열쇠를 물끄러미 쳐다보았다.

'분명 송 선배가 복사해도 된다고 했지?'

어제 현우가 열쇠를 던져준 것은 꽤 큰 의미가 담긴 행동이었다. 자신을 믿어준 것이기도 하지만, 얼마나 잘하는지 지켜보겠다는 의미도 담겨 있는 것이다.

'한국대라 그런지 까다로운 사람들이 많아. 백은대 대학원은 이렇게 빡빡하진 않았는데.'

윤우가 전생에서 경험한 백은대학교 대학원은 규모가 작아 어제처럼 살벌한 분위기가 연출되는 일은 별로 없었다. 그만큼 학문에 뜻이 있는 사람들이 많지 않았다.

반면 한국대는 분위기 자체가 달랐다. 연구 팀이 따로 있어 같은 전공이라고 해도 서로 견제하는 경우가 많았다. 보이지 않는 알력 싸움이 자주 일어나기도 했다.

그것이 학부 1학년인 윤우의 눈에 보일 정도이니, 학과 내부와 교수들 사이에서는 실제로 얼마나 심각한지 보지 않아도 쉽게 짐작이 되었다.

하지만 윤우는 겁먹지 않았다.

모든 것이 즐거웠다.

한국대학교에 입학하고 나서부터는 그가 과거에 경험하지 못한 완전 새로운 경험이었기 때문이다.

'그럼 시작해 볼까?'

한번 심호흡을 한 윤우는 문을 모두 열고 청소를 시작했다. 아직 학과조교가 출근하지 않은 시간이라 진공청소기를 빌릴 수가 없어 빗자루로 대강 쓸었다.

프로젝트 자료로 어질러진 책상을 치우고 손걸레로 먼지와 음료 얼룩을 깨끗이 닦아냈다. 그러다보니 시간이 훌쩍 지나 어느새 오전 8시 30분이 되었다.

'선생님이 제 시간에 나오시려나?'

별일이 없다면 오전 9시에 맞춰 나올 것이다. 아직 젊어서 그런지 다른 교수들에 비해 학교에 일찍 나오는 편이었다.

윤우는 커피메이커에 필터지를 끼고 미리 갈아둔 원두를 넣었다. 그리고 전원을 올린 뒤 의자에 편히 앉았다.

'어? 벌써 오셨나?'

복도 멀리서 구둣굽 소리가 들렸다. 남자의 것이었다. 소진욱 교수일 것 같은 예감에 윤우는 의자에서 일어섰다.

윤우의 감이 적중했다. 하늘색 자켓을 걸친 소 교수가 안으로 들어왔다.

"안녕하세요, 선생님."

"그래. 먼저 나와 있었군. 현우가 못 나온다는 얘기는 들었어. 별일은 없었지?"

"예. 특별한 일은 없었습니다."

소 교수가 외투를 벗는 사이 윤우는 커피를 준비해 소

교수의 책상 위에 올려두었다. 그는 커피를 정말 좋아했다. 하루에 다섯 잔 이상 마실 정도로.

"아 참, 어제 테스트 마무리 했다고 현우가 말하더라. 그간 고생 많았어. 그러고 보니 제안서를 써 놨다고 하던데… 흠, 이건가?"

소 교수는 어제 현우가 책상에 올려두었던 종이를 흔들어 보였다. 윤우는 그렇다고 답했다.

왼손에 커피를 든 소 교수는 자리에 앉아 흥미로운 표정으로 제안서를 읽어 나갔다.

"그렇군. 온라인 서비스라……."

끝까지 다 읽은 소 교수는 제안서를 내려놓으며 윤우를 바라보았다.

"개인적으로는 나쁘지 않은 의견이라고 생각한다. 내일 모레 대학원생들 모아 놓고 프로젝트 평가회를 열 예정인데, 그때 정식으로 이야기 해 보마."

"제가 특별히 준비해야 할 게 있을까요?"

"특별히는 없어. 일단은 대학원생만 모이는 자리니까. 네 임무는 어제로 끝이다. 이후의 준비는 네 선배들이 알아서 할 거야."

이제 임무가 끝났다는 말에 홀가분함을 느낄 만도 했지만 윤우는 기분이 썩 유쾌하진 않았다.

학부와 대학원 사이의 격차가 분명하다는 건 인지하고

있었다. 그래도 자신이 만든 제안서인데 평가회에 참여를
할 수가 없으니 답답할 만했다.

'그래도 조급하게 생각할 건 없어.'

언젠가는 자신도 대학원에 진학할 것이다. 능력의 문제
가 아니라 단순히 시간의 문제인 것이다.

윤우가 아쉬워하는 것을 눈치라도 챈 걸까. 소진욱 교수
가 소리 내어 웃었다.

"하하, 이거 아쉬운 모양이군. 이번 주 금요일에 뒤풀이
를 할 계획이니 그땐 꼭 참석하도록 해."

"예. 시간 비워두겠습니다."

"그나저나 요즘 개인 연구는 하고 있나? 그에 대해 통
들은 바가 없는 것 같은데."

"최근 개인적인 일이 좀 많았습니다. 이제 프로젝트도
마무리가 되었으니 슬슬 움직여 봐야죠."

고개를 끄덕인 소 교수는 서류철에서 인쇄물을 하나 꺼
냈다. 그리고 그것을 윤우에게 주었다.

국제비교문학회에서 보낸 공문이었다. 석 달 후 연수대
학교에서 열리는 학술대회의 일정이 상세히 설명되어 있
었다.

"이번에 국제비교문학회에서 학술대회를 하나 준비하
고 있다고 하더군. 주제는 거기에 적힌 대로 '근대문학과
이성'이지."

윤우의 눈이 빛났다. 그의 호기심을 자극하기에 충분한 주제였다.

"자신 있다면 발표자 신청을 해보는 게 어떤가? 자네는 최근 과학소설에 대한 연구를 했었지. 근대문학에서의 이성의 발로는 역시 과학이라고 할 수 있어. 근대부터 현대까지 계몽의 중추적인 역할을 해오고 있지. 이에 대해 자네가 할 말이 많을 것 같은데."

확실히 윤우가 탐날 만한 주제였다. 이광수의 '개척자'와 김동인의 'K박사의 연구'만 보더라도 한국의 근대소설은 이성으로서의 과학에 관심을 기울이고 있었다.

일단 윤우는 국제비교문학회에 대한 모든 기억을 떠올려 보았다. 하지만 메이저 학회가 아니었기 때문에 기억나는 게 별로 없었다. 이름만 얼핏 들어봤을 뿐이다.

"그런데 제가 자격이 될까요?"

"하하하, 역시 자네답다고 할까. 자신 없다는 말은 하지 않는군."

"일단 참가할 수 있느냐가 중요한 거니까요."

소 교수는 국제비교문학회에서 발간한 '국제문학' 잡지의 맨 뒷면을 펴서 윤우에게 보여주었다. 학회의 정관과 규칙이 적혀 있는 부분이었다.

"국제비교문학회는 등재후보지라 기준이 타이트하지 않아. 학부생도 준회원으로 가입할 수 있고, 발표도 할 수 있어."

"그렇다면 하겠습니다."

소 교수는 만족스럽게 웃으며 고개를 끄덕였다.

"시간은 3개월뿐이지만 자네라면 잘해낼 거라고 믿어. 큰 규모의 학회는 아니지만 우리 과 선생님들도 몇 분 참석을 하니 준비 잘해 봐. 네 가치를 드러낼 수 있는 기회로 만들어라."

"맡겨 주세요."

윤우는 자신 있게 미소를 지었다.

NEO MODERN FANTASY STORY

뉴 라이프

NEW LIFE

Scene #27 선행이 맺어준 인연

Scene #27 선행이 맺어준 인연

토요일 오후 여섯 시.

오늘은 상훈고등학교의 옛 학생회 임원들이 한 자리에 모이는 날이다.

"빨리 좀 해. 그러다 늦으면 어쩌려고 그래?"

예린이의 잔소리가 윤우에게 쏟아졌다.

낮에 잠깐 눈을 붙인다는 게 푹 자버렸다. 덕분에 윤우는 허겁지겁 준비를 해야 했다.

"재촉 좀 하지 마. 아직 시간 많이 남았다니까?"

"그래도 미리 가야지. 약속 시간 10분 전에 먼저 나가 있어야 올바른 사람이라고 아버지가 가르쳐 주셨잖아."

"어차피 지금 나가봐야 우리만 먼저 기다릴 거다."

"빨리."

그렇게 두 남매는 가볍게 투닥이며 현관을 나섰다.

모임 장소는 상훈고 근처에 있는 패밀리 레스토랑으로
정했다. 예린이가 미성년자가 아니었다면 그럴싸한 술집
에서 모여 안주를 저녁삼아 떠들었을 것이다.

레스토랑 앞에 도착한 두 사람은 주변을 두리번거렸다.
하지만 윤우의 말대로 먼저 도착한 사람은 아무도 없었다.

"거 봐, 아무도 없을 거라고 했지."

"어, 저기 나리 언니다. 언니!"

"예린아!"

편한 바지와 셔츠를 입은 나리가 손을 흔들며 이쪽으로
뛰어왔다. 윤우는 시계를 확인했다. 아직 약속시간까지는
15분이 남아 있었다.

"웬일이야? 오늘은 일찍 나왔네."

그렇게 구박할 만도 했다. 나리는 늘 약속에서 늦는 아
이였으니까.

"칫, 오랜만에 봐놓고서 맨 처음 한다는 말이 고작 그거
야?"

"농담이지."

윤우가 대꾸하며 나리의 얼굴을 훑었다. 화장이 살짝 진
해서 그런지 낯선 느낌이 들었다.

아니, 예뻐졌다는 표현이 어울릴 것이다.

아직 앳된 티가 남아 있었지만 제법 성숙한 느낌이 곳곳에서 풍겨 나오고 있었다.

"예린이는 잘 지냈어? 연락 자주 못해서 미안해. 고3이라 여러모로 힘들겠다. 그래도 포기하지 말고 힘내. 언니가 응원할 테니."

"응!"

예린이는 웃으며 고개를 끄덕였다. 그 미소를 보고 있자니 윤우는 이번 모임을 주최하길 잘했다는 생각이 들었다.

"언니 되게 이뻐진 것 같아. 대학 들어가면 다 이렇게 이뻐지나?"

"나? 원래 예뻤는데."

"뭐야, 언니 좀 이상해."

"배고파서 그래."

깔깔거리는 웃음소리가 듣기 좋았다. 윤우는 흐뭇한 미소를 지으며 두 사람을 바라보았다.

나리와 예린이는 학창시절 특히 사이가 각별했다. 학생회 내에서 슬아가 언니 노릇을 할 만큼 성격이 고분고분하지 않았기 때문에 나리와 가까워진 것이다.

만약 정가연이라는 절대적인 존재가 없었더라면 윤우는 나리의 고백을 받아들였을지도 모른다. 그만큼 매력적이고 활기차 타인을 즐겁게 만들어주는 사람이었으니까.

윤우가 그렇게 옛 추억을 떠올리는 사이, 나리가 주변을 두리번거리며 물었다.

"그런데 다른 애들은? 성진이랑 슬아가 안 보이네."

"성진이는 출근했어. 잔업 끝나면 온다고 했고, 슬아는 시간 맞춰 오겠지. 아직 15분 전이잖아."

"그럼 먼저 들어가 있을까? 날도 더운데."

세 사람은 레스토랑 안으로 들어갔다. 주말이라 그런지 좋은 자리는 이미 꽉 차 있었다. 그래도 냉방이 잘 되어 있어 쾌적한 느낌이 좋았다.

직원이 일행에게 다가왔다.

"어서 오세요. 자리 안내해 드리겠습니다. 모두 세 분이신가요?"

"이따 두 명 더 올 거예요."

"알겠습니다. 이쪽으로 오세요."

안내를 받은 자리는 창가에서 조금 떨어진 6인석이었다. 이동 통로가 겹치는 곳이라 조금 산만한 느낌이었지만, 주변을 둘러보니 여석이 없었다.

예린이와 나리가 나란히 앉았고 맞은편에 윤우가 앉았다. 예린이는 자리가 썩 마음에 들지 않는 표정이다.

"조금 더 일찍 올 걸 그랬네."

"어쩔 수 없지. 성진이가 일찍은 어렵다고 했으니. 슬아한테 문자나 하나 넣어 놔. 안에서 자리 잡고 기다리고 있다고."

예린은 오빠가 하라는 대로 문자를 하나 보냈다. 그때 팔짱을 끼고 테이블 쪽으로 몸을 기울인 나리가 은근한 눈빛으로 윤우를 바라보았다.

"왜 그렇게 봐?"

"아니, 그냥 얼굴이 좋아 보인다 싶어서. 얼핏 듣긴 했는데 요즘 많이 바빴다면서? 일 한다고 들었어. 어떤 일을 그렇게 열심히 하고 있는 거야?"

굉장히 궁금했는지 한숨도 쉬지 않고 빠르게 물었다. 윤우는 웃으며 답했다.

"예전에 다녔던 학원 일도 좀 하고 있고, 지도교수님 프로젝트에도 참여하고 있어."

"벌써? 학원이야 너 장학생이었으니 그렇다 쳐도 프로젝트라니… 아직 신입생이잖아?"

"신입생이라고 프로젝트에 끼지 말라는 법은 없잖아."

당당한 윤우의 대꾸에 나리는 생긋 웃었다.

턱을 괴며 잠시간 말없이 윤우를 바라보는 나리.

"김 박사는 역시 김 박사야. 시간이 지나도 하나도 안 변하는구나."

"변할 만큼 시간이 많이 지나진 않았지. 졸업한 지 이제 반년 됐잖아."

"그런가?"

윤우를 바라보는 나리의 눈빛이 촉촉해졌다.

하지만 그 이상으로 깊어지지는 않았다. 그녀는 더 이상 윤우를 짝사랑하지 않았으니까.

애정이 우정으로 바뀐 것은 아마 고등학교 3학년 때부터였을 것이다.

덕분에 윤우는 편하게 나리를 대할 수 있었다. 남자와 여자는 친구 사이가 될 수 없다는 말이 있지만, 윤우는 그 말을 믿지 않았다.

그는 얼마든지 친구가 될 수 있다고 믿었다. 물론 슬아에겐 조금 어려움을 겪고 있긴 하지만 말이다.

그래도 시간이 지나면 슬아의 마음도 점차 식을 것이다. 나리가 그랬던 것처럼.

"그런데 내 소식은 누구한테 들은 거야?"

"슬아한테."

윤우는 흥미로운 표정을 지었다.

"너희 둘이 그렇게 친했던가?"

"그럼, 완전 절친이지. 지지난 주엔 같이 영화도 보러 갔었는걸?"

사실 처음엔 나리와 슬아는 썩 가까운 사이가 아니었다. 성격도 정반대였고 슬아가 나리에게 전혀 관심을 두지 않았기 때문이다.

하지만 학생회 활동을 하다 보니 자연스럽게 가깝게 되

었다. 나리가 학생회 내의 유일한 동갑내기 여자애라는 이유도 있었지만 그녀 특유의 친화력 덕분이었다.

나리와 함께 있으면 즐겁다. 다른 사람의 말도 잘 들어주고 보조를 잘 맞춰준다. 정면에서 눈에 띄는 사람은 아니지만 없으면 허전한 그런 사람이었다.

"고객님. 주문 도와드릴까요?"

유니폼을 입은 직원이 다가왔다. 두 사람은 잠시 말을 멈췄다.

"잠시만요."

나리가 윤우를 바라보며 물었다.

"주문은 애들 다 오면 할까?"

"성진이는 좀 많이 늦을 것 같으니 슬아 오면 주문하는 걸로 하자."

"이따가 따로 주문을 할게요."

"알겠습니다. 준비 되시면 언제든 불러 주세요."

세 사람은 직원이 가져다 준 빵을 뜯으며 이야기를 나눴다. 그리고 약속시간이 되자 슬아가 합석했다. 메뉴는 스테이크와 샐러드, 그리고 파스타와 비프 립으로 결정되었다.

특별히 반가운 인사가 오가진 않았다. 슬아의 입장에서는 자주 볼 수 있는 친구들이었기 때문이다.

그리고 성진이가 합류한 것은 슬아가 도착하고 나서 20여분이 지난 뒤였다.

"이야! 다들 반갑다. 이게 얼마만이야?"

"뛰어 왔어? 땀 좀 봐."

확실히 성진의 와이셔츠는 땀에 젖어 속살이 비칠 정도였다. 회사에서 바로 와서 정장을 입고 있었다.

"너희들이 내 것까지 다 먹을까봐 신나게 뛰어 왔지. 보니까 딱 맞춰 왔는데? 배고파 죽겠다. 거래처 돌아다니느라 점심도 못 먹었거든."

"더운데 고생이 많았네. 진짜 직장인 같다. 자, 이거 써."

나리가 냅킨을 뽑아 성진에게 건넸다. 넥타이를 살짝 푼 성진은 윤우의 옆자리에 앉아 땀을 닦았다.

"직장인 같은 게 아니라 진짜 직장인이라고. 너희 같은 학생들은 모르는 어른의 세계지."

"잘났어 정말. 그래서 월급날은 언젠데? 우린 아직 학생이니 직장인 어른한테 좀 얻어먹어 보자."

"박봉이다. 신경 꺼."

"치사해."

성진이는 수험생인 예린이를 제외하고 유일하게 대학에 가지 않았다.

하지만 친구들은 그가 대학을 가지 않았다고 해서 무시하거나 하지 않았다. 오히려 그가 상처를 받지 않을까 말을 조심할 정도였다.

철들기 전의 슬아였다면 '어디 대학도 못간 주제에' 라며 조소를 날릴 법도 했다. 왜냐하면 성진이와 사이가 안좋았었으니까.

하지만 지금 그녀는 예전의 슬아가 아니었다. 많은 면에서 보다 성숙해졌다. 오히려 자연스럽게 일상적인 이야기를 성진이와 나눴다.

성진이는 예린이 쪽으로 화제를 돌렸다.

"잘 지냈어?"

"응. 오빠?"

"나야 뭐 일 하면서 지냈지. 저번에 너희 집에 갔었는데 없더라고. 큰맘 먹고 치킨 사갔었는데."

예린이는 어색하게 고개를 끄덕였다. 그간 서로 연락을 하지 않았는지 분위기가 애매했다.

하지만 성진이에겐 그 애매한 분위기를 자신의 것으로 만들 능력이 있었다.

"듣자하니 슬아한테 영어 배운다던데. 선생님이 막 때리진 않아? 왠지 문제 하나라도 틀리면 독설이 어마어마하게 쏟아질 것 같은 느낌이라서."

"아니야. 얼마나 상냥하게 잘 가르쳐 주는데. 진작 배울 걸 후회하고 있어."

"그래?"

윤우가 끼어들었다.

"어서 먹기나 해. 점심도 못 먹었다는 놈이."

"그래야지. 그런데 오늘은 누가……."

쨍그랑—

그때 갑자기 접시 깨지는 소리가 들렸다. 모두의 이목이 소리가 나는 쪽으로 쏠렸다.

"어?"

옆쪽 테이블이었다. 한눈에 봐도 위화감이 드는 장면이 펼쳐지고 있었다. 어떤 장년 남성이 양손으로 목을 움켜쥔 채 켁켁거리고 있던 것이다.

"뭐야?"

"꺄악!"

웅성거리는 소리와 비명이 섞여 레스토랑 안이 혼잡스러워졌다. 직원이 달려왔고, 동석한 사람들은 장년 남성의 등을 두드리고 있다.

"컥, 컥!"

목에 음식물이 걸린 모양이었다.

직원은 매니저를 부르며 서둘러 전화기로 달려갔다. 나리와 예린이는 어떡하면 좋냐고 하고 있고, 윤우와 슬아는 침착하게 상황을 지켜보았다.

'아무도 하임리히 법을 모르는 건가?'

윤우는 전생에 메디컬 시나리오를 쓴 경험이 있어 3년 정도 의학과 응급구조학을 공부한 적이 있었다. 응급실에

취재도 다녀본 그였다.

어느새 장년 남성의 얼굴과 입술이 파래졌다.

상황이 안 좋게 흘러간다고 생각했다. 기도 폐쇄의 경우는 구급차를 불러도 조치를 취하지 않으면 늦어 버린다.

'어쩌지? 내가 나서야 하나?'

윤우는 잠시 고민했다.

하지만 고민은 길지 않았다. 자리에서 벌떡 일어선 윤우는 사람들을 헤치고 장년 남성의 등 뒤로 돌아갔다.

"비켜요!"

사람들이 우르르 물러섰다. 공간을 확보한 윤우는 장년 남성을 뒤에서 끌어안았다. 그리고 엄지를 들어 명치에 대고 쥐어짜듯 힘껏 안았다.

"컥!"

두어 번 반복했지만 여전히 중년 남성은 컥컥거렸다. 주변에서 안타까운 탄성이 들렸다.

윤우는 다시 힘껏 팔에 힘을 주었다.

"허억!"

거친 숨소리가 들렸다.

"나왔어요!"

누군가의 외침에 빠져나온 음식물을 눈으로 확인한 윤우는 통로에 장년 남성을 앉히고 그를 진정시켰다.

"괜찮아요? 숨 쉴 수 있으시죠?"

"고… 고맙… 으윽!"

갑자기 사내가 가슴을 움켜쥐더니 인상을 썼다. 호흡이 가빠지는가 싶더니 이내 사내의 숨이 멎어 버렸다.

"이사장님!"

"이사장님! 정신 차리세요!"

일행이 달려들어 그의 어깨를 흔들었다. 하지만 사내의 반응은 없다.

윤우의 미간이 찡그려졌다.

'뭐야 이건?'

머릿속이 새하얘지려는 것을 가까스로 이겨낸 윤우는 마음을 가다듬었다. '어떻게 해야 하지?' 라는 생각보다 마음을 진정시키려 노력했다.

'침착하자. 침착해.'

결국 평정심을 되찾았다. 객관적으로 상황이 보이기 시작했다. 45년 묵은 전생이 빛을 발하는 순간이었다.

윤우의 손이 사내의 목 쪽으로 움직였다.

'심정지야.'

사내의 경동맥을 짚은 윤우는 즉시 호흡을 확인했다. 숨결이 전혀 느껴지지 않았다.

"이사장님은 심장이 안 좋으세요!"

사내와 같이 있던 젊은 여자가 이렇게 외쳤다. 아무래도 쇼크로 인해 심장이 정지한 것 같았다.

'시간이 없어.'

윤우는 지체하지 않고 사내를 눕힌 다음 넥타이와 단추를 풀었다. 그리고 두 손을 모아 가슴을 꾹꾹 눌렀다.

가슴을 정확히 15회 압박하고 턱을 당겨 기도를 열어 두어 번 숨을 크게 불어넣었다. 그리고,

"김예린! 지금 바로 119에 신고해."

"구급차는 불렀습니다!"

직원이 대신 대답했다. 윤우는 다시 가슴 압박에 집중했다. 그러다 한 줄기 상념이 윤우의 뇌리를 스쳤다.

'잠깐만. 아까 분명 심장이 안 좋았다고 했지? 혹시⋯⋯.'

윤우의 눈이 빛났다. 그는 압박을 멈추지 않고 돌아보며 성진에게 외쳤다.

"박성진, 잠시 교대 좀!"

"알았어!"

두 손이 자유로워진 윤우는 서둘러 사내의 자켓 안주머니를 뒤지기 시작했다. 아무것도 잡히는 것이 없었다. 윤우는 이번엔 사내의 바지주머니를 뒤졌다.

왼쪽 주머니에서 원통형의 무언가가 만져졌다. 윤우는 재빨리 그것을 꺼냈다.

'있다!'

나이트로글리세린nitroglycerine 스프레이.

심장병, 특히 협심증 환자들이 잘 가지고 다니는 응급 약품이다.

누군가 심장이 안 좋다고 외쳐준 덕분에 윤우가 떠올린 것이다. 보통 그런 사람들은 천식 환자처럼 응급 약물을 가지고 다니니까.

약병에 붙은 라벨을 확인한 윤우는 캡을 열고 사내의 입을 벌렸다. 스프레이를 허공에 몇 번 뿌리고, 사내의 혀에 대고 정확히 두 번 뿌렸다.

'6시 34분.'

시간을 체크한 윤우는 성진이 쪽을 바라보았다. 그는 열심히 가슴을 압박하고 있었다.

윤우는 기도를 확보하며 신중하게 인공호흡을 진행했다. 그리고 1분여가 지났을 때 사내의 호흡과 맥박을 다시 확인했다.

맥이 전혀 잡히지 않았다.

하지만 윤우와 성진은 포기하지 않고 계속 심폐소생술을 진행했다.

'약효가 듣지 않는 건가?'

처음 시간을 잰 지 3분이 지났을 때 윤우가 사내의 입을 벌렸다. 그리고 혀에 대고 스프레이를 다시 두 번 뿌렸다.

"그건 뭐야?"

성진이가 가슴을 압박하며 물었다.

"협심증 약이야. 그런데 팔 괜찮아? 힘들면 교대해."

"이 정도쯤이야!"

성진은 더욱 열을 올려 가슴을 꾹꾹 눌렀다. 얼굴은 땀
으로 가득 차 있었다.

단순해 보이는 작업이지만 일정한 압력과 속도로 가슴
을 누르는 것은 굉장히 힘든 일이다.

그때 예린이가 냅킨을 들고 성진의 이마를 닦아 주었다.
성진은 그 와중에도 예린이를 향해 씨익 웃어 보인다.

윤우는 다시 시계를 확인했다.

'4분이 지났어.'

다급해졌다. 심폐소생술을 한다고 해도 심정지 시간이
길어지면 뇌에 치명적인 손상이 남을 수 있다.

초조한 표정으로 손을 뻗어 사내의 경동맥을 짚는 윤우.
그때, 손끝에서 뭔가 이질적인 감각이 느껴졌다.

"박성진! 잠깐 멈춰 봐."

성진이가 손을 떼고 물러섰다. 윤우는 경동맥을 짚은 채
뺨을 사내의 입에 가져다 대었다.

두근.

맥박이 느껴졌다. 사내의 입에서도 미약하지만 호흡이
흘러나오고 있었다.

"됐어! 돌아왔어."

"오케이!"

박성진이 일어나며 땀을 닦았다. 얼굴엔 미소가 만연하다. 사람을 살리는 일에 도움을 줬다는 사실이 그를 웃게 만든 것이다.

그것은 윤우도 마찬가지였다. 표정을 풀며 사내의 어깨를 흔들었다.

"정신 차려보세요. 괜찮으세요?"

"으윽……."

사내의 눈꺼풀이 파르르 떨리더니 이내 눈을 천천히 떴다. 말은 하지 못했지만 의식은 분명히 돌아온 모양이었다.

나이트로글리세린 약제의 지속시간은 30여분 남짓. 이제 안정을 취하며 구급차가 도착하기를 기다리기만 하면 된다.

"이제 괜찮습니다."

윤우는 자리에서 일어섰다. 긴장을 해서 그런지 온몸이 뻐근했다.

사람들이 하나 둘 박수를 치기 시작했다. 시간이 흐를수록 박수 소리가 더욱 커졌다. 뜻하지 않게 주목을 받게 된 윤우는 홀가분한 표정을 지었다.

그때 환자의 일행이 앞으로 나서더니 윤우를 둘러싸며 감사의 뜻을 표했다.

"정말 큰일 날 뻔했어요. 고맙습니다."

30대 초반쯤으로 보이는 지적인 외모의 여자가 안주머니에서 무언가를 꺼내 윤우에게 건넸다. 명함이었다.

– 신화재단 비서실장 김가영

신화재단이라는 이름이 눈에 들어오자 윤우는 살짝 놀랐다. 분명 비서실장이 아까 쓰러진 사내를 보고 이사장이라고 칭했었다.

'그럼 저 사람은 신화재단 이사장인 건가? 꽤 기묘한 인연이네. 하필 도움을 준 상대가 대학 이사장이라니.'

신화재단이라면 수도권에 위치한 신화대학교를 거느린 사학 재단이었다. 부속 초·중·고등학교까지 있고 전문대학까지 소유한 꽤 규모가 큰 재단이었다.

신화대학교는 사립학교치고 깨끗한 곳이었다. 비리로 언론에 소개되는 적도 없었고, 재정건전성이 좋아 수도권에서는 명문으로 통하고 있었다.

윤우는 전생에 신화대학교에서도 강의를 한 적이 있기 때문에 이쪽에 대해 잘 알고 있었다. 전임교수 지원을 해본 적도 있었다. 1차에서 탈락하긴 했지만.

김가영이 지적인 미소를 지으며 윤우에게 물었다.

"실례지만 성함을 여쭤 봐도 괜찮을까요?"

"전 김윤우라고 합니다. 그리고 절 도와준 이 친구는 박성진이고요."

"윤우 씨. 성진 씨. 다시 한 번 감사드려요."

"별말씀을요."

성진이 윤우 대신 나섰다. 하지만 생긋 웃은 김가영은 성진 대신 윤우를 보며 계속 말했다.

"혹시 연락처를 받을 수 있을까요? 이번 일에 대해 꼭 답례를 하고 싶은데요."

"답례는 괜찮습니다. 해야 할 일을 했을 뿐인데요."

윤우가 정중히 거절하자 김가영의 눈에 이채가 돌았다. 그의 진심이 담긴 겸손함을 느낀 것이다.

"생명의 은인에게 보답하지 못한다면 이사장님께서 많이 서운해하실 거예요. 윤우 씨께서 해야 할 일을 하신 것처럼, 저도 연락처를 받는 게 제가 해야 할 일입니다."

"곤란하네요."

어쩔 수 없이 윤우는 그녀에게 자신의 전화번호를 불러주었고, 그녀는 휴대폰을 꺼내 윤우의 번호를 입력했다.

"고맙습니다. 일이 수습되는 대로 연락드리도록 하지요."

그때 구급대원들이 들것을 들고 레스토랑 안으로 들어왔다. 이젠 이사장의 안색이 많이 회복되어 있었다. 그는 힘겹게 웃으며 괜찮아, 괜찮아를 연발했다.

하지만 언제 심장 발작이 일어날지 모르는 일이다. 일행은 긴장을 놓지 않으며 이사장을 보좌했다.

'사람 일이라는 게 어떻게 될지 모른다는 말이 틀린 말은 아니야. 우리가 오늘 이 레스토랑에 오지 않았더라면 저 사람은 어떻게 됐을까?'

여러 생각이 스쳐지나갔지만 어쨌든 윤우는 기분이 나쁘진 않았다. 사람의 생명을 살린 것과 다름이 없었으니까.

물론 상대가 VIP였기 때문에 달려든 것은 아니었다. 누가 쓰러졌든 윤우는 바로 행동을 취했을 것이다.

"하임리히 법으로 이물질을 제거했습니다. 혹시 모르니 담당의에게 복부 초음파 해달라고 전해 주세요."

윤우가 구급대원에게 넌지시 말했다. 그러자 구급대원이 깜짝 놀랐다.

"의사 선생님이셨습니까?"

"아뇨, 그냥 지나가던 학생이에요."

"이거 고생 많으셨습니다. 이제 저희들에게 맡겨 주시죠."

"잘 부탁합니다."

구급대원이 이사장을 들것에 싣고 밖으로 나갔다. 동행하던 사람들도 그 뒤를 따라 나갔다.

이로써 상황이 완전히 종료되었다. 레스토랑 내부는 다시 평화를 되찾았다. 윤우도 성진과 함께 다시 테이블로 돌아왔다.

"오빠 완전 멋있더라. 언제 그런 걸 배운 거야? 완전 의사인 줄 알았어."

"역시 김 박사라니까."

"저기, 나도 도와줬는데 다들 내 칭찬은 어따 팔아먹은 거야? 아까 온 구급차에 같이 실어 보냈나?"

성진이가 질투를 느낄 만도 했다. 나리는 차치하더라도 예린이의 반짝거리는 눈빛이 탐났으니까.

"뭐, 성진 오빠도……."

분위기가 살짝 어색해지려고 하자 성진이가 씨익 웃으며 대화를 이어받았다.

"아까 냅킨 고마웠다. 하마터면 땀이 눈에 들어갈 뻔했지 뭐야."

"그 상황에서 내가 도울 수 있는 건 그것뿐이었으니깐."

"잘했다."

성진은 예린이의 머리를 쓰다듬었다. 자연스러운 스킨십 시도였고, 그것은 성공했다.

"수고했어."

그렇게 운을 뗀 슬아가 윤우의 왼손을 잡았다.

갑작스러운 행동에 윤우는 깜짝 놀랐다. 무슨 일인가 싶어 손을 보니 피가 흐르고 있었다. 이제야 따끔거리는 감각이 느껴졌다.

"어? 언제 벤 거지? 아픈 거 못 느꼈는데."

"경황이 없다 보면 그럴 수도 있지."

슬아는 물티슈로 윤우의 손을 꼼꼼히 닦아 주었다. 그리고 가방에서 밴드를 꺼내 상처 위에 붙이더니 윤우를 보며 살짝 미소를 지었다.

말로 표현을 하진 않았지만 윤우의 모습은 정말 멋있었다. 응급처치법 정도는 슬아도 알고 있었다. 하지만 쉽게 나설 수가 없었다. 용기가 없었기 때문이다.

용기를 내기까지 얼마나 많은 결심과 고민이 필요한지 잘 안다. 하지만 윤우는 그럴 때마다 언제나 단호하게 대처했고, 늘 좋은 결과를 얻어냈다.

고등학교 시절부터 봐왔던 그의 모습은 조금도 변하지 않았다. 왠지 윤우라면 앞으로도 한결같지 않을까 하는 예감이 들었다. 그랬기에 윤우를 보며 미소를 지은 것이다.

"그런데 음식이 좀 식었네."

윤우는 벨을 눌러 직원을 호출했고, 음식을 데워달라고 부탁했다.

한참 후 여자 점장이 직접 데운 음식을 내왔다. 그런데 다른 음식도 껴있었다. 먹음직스러운 찹스테이크와 치킨샐러드, 그리고 오렌지에이드와 석류에이드가 테이블에 올려졌다.

예린이의 눈이 동그래졌다.

"어? 이거 저희 안 시켰는데."

"이건 서비스로 드리는 겁니다. 도와주셔서 감사했어요. 오늘 식사비는 저희가 부담하겠으니 편히 즐겨 주세요."

"감사합니다."

"와아! 성진 오빠 돈 굳었네?"

예린의 한마디에 성진이가 흠칫 놀랐다.

"잠깐만. 이거 원래 내가 사는 거였어?"

"여기에 직장인이 둘이나 있는데 학생인 우리들이 돈을 낼 필요가 있나?"

"허, 유나리 너 대박이다 진짜. 직장인이 무슨 벼슬이냐? 우리가 내는 세금으로 너희들이 편하게 다니는 거라고."

"너무해 오빠. 완전 짠돌이."

예린이가 토라지자 성진이는 당황할 수밖에 없었다.

"아니, 예린아. 그게 아니고……."

그렇게 다섯 친구들은 이야기꽃을 피워가며 즐거운 한때를 보냈다.

식사를 모두 마친 옛 학생회 임원들이 레스토랑을 나섰다. 직원들은 직접 윤우 일행을 밖까지 배웅해 주었다.

아까 음식을 서비스로 제공해 주었던 점장이 이번엔 레스토랑 로고가 박힌 하얀 봉투를 앞으로 내밀었다.

"손님, 앞으로도 자주 들러 주세요. 이건 쿠폰인데 다음에 오셔서 사용해 주시면 됩니다."

예린이가 그 봉투를 대신 받아들었다. 안에는 5만원 상당의 음식을 먹을 수 있는 쿠폰이 들어 있었다.

"앞으로 자주 와야겠다."

동생의 말에 윤우가 피식 웃었다.

"예린이 네가 잘 챙기고 있어. 수능 전에 한 번 더 모이게. 아무튼 잘 먹고 갑니다."

일행은 레스토랑을 나서 길을 걷기 시작했다. 해가 완전히 져 어두웠지만 여전히 날씨는 후텁지근했다.

"으아아, 배 터져 죽을 것 같아. 너무 과식했나 봐."

"나도."

나리와 예린이가 배를 만지작거리며 말했다.

확실히 많이 먹긴 했다. 적당량을 주문했는데 서비스 음식까지 먹으려니 과식을 할 수밖에 없었다.

그때 성진이가 손가락을 딱 튕겼다.

"소화엔 역시 노래방만 한 게 없지. 콜?"

"오, 그거 좋다! 다들 어때?"

나리가 묻자 예린이는 손을 들며 좋아했다. 윤우와 슬아는 나쁘지 않다는 표정을 지어 보였다.

"물어볼 거 뭐 있어? 가면 가는 거지. 요즘 노래방에서 직장 상사들이랑 거래처 상대하느라 제대로 즐기지도 못했는데 오늘 실컷 놀 수 있겠다."

"직장인은 역시 괴롭구나."

"일해 보면서 느낀 게 있는데 남의 돈 그렇게 쉽게 벌 수 있는 게 아니더라고. 용돈 받던 시절이 좋은 거지. 김윤우. 안 그래?"

윤우는 씨익 웃었다.

"글쎄. 난 잘 모르겠는데."

"하긴 낙하산 귀족이 평민의 심정을 알 리가 없지. 물어본 내가 바보다."

그렇게 다섯 사람은 가볍게 잡담을 나누며 학교 근처 단골 노래방으로 들어섰다.

윤우와 슬아는 노래를 잘 부르지 않았지만, 나머지 세 사람이 노래방을 좋아했기 때문에 기꺼이 어울려 주었다.

예린이와 성진이가 커플 곡으로 분위기를 띄웠다. 두 사람 모두 신나게 노래에 몰입했다.

탬버린을 흔들던 나리가 윤우에게 다가갔다.

"너도 한 곡 불러. 모처럼 왔는데 왜 그렇게 빼고 있어? 슬아도 그렇고."

"뭐라고?"

"한 곡 부르라고!"

노랫소리가 커서 말소리가 잘 안 들렸다. 간신히 알아들은 윤우는 피식 웃었다.

"난 괜찮아. 어차피 스무 곡이나 밀려있기도 하고."

윤우가 손가락으로 가리킨 기계 모니터에는 예약곡이 끝없이 이어져 있었다. 예린이와 성진이의 농간이었다. 나리도 졌다는 듯 고개를 가로 젓는다.

어느덧 두 사람의 노래가 끝나고 슬아 차례가 왔다. 곡명은 '그 거리에서', 여성 발라드로 제법 연식이 된 노래다. 슬아의 18번곡이기도 하다.

간주가 흘러나올 때 슬아가 고개를 살짝 돌렸다. 그곳엔 윤우가 있었다. 그가 모니터를 보고 있는 탓에 눈이 마주치지는 않았다.

슬아는 시선을 다시 모니터로 돌렸다. 그리고 노래를 시작했다.

– 너와 처음 만난 그 거리에서
– 항상 난 기다리고 있어

감미로운 목소리.

언제 들어도 질리지 않는 그런 느낌의 음성이 잔잔히 울려 퍼졌다.

그럴 만도 했다. 지금 슬아는 사적인 감정을 담아 노래를 부르고 있었으니까.

– 길고 긴 기다림의 끝은
– 도대체 어디에 숨어 있을까

하지만 윤우는 슬아의 노래를 더 감상할 수 없었다. 전화가 온 것이다.

밖으로 나온 윤우는 통화 버튼을 눌렀다.

"여보세요?"

– 인사가 늦어서 미안합니다. 아까 레스토랑에서 도움을 받았던… 강태완이라고 합니다. 비서실장 통해 연락을 드리려고 했는데… 아무래도 그건 예의가 아닌 것 같아 이렇게 직접 연락을 드렸습니다.

천천히 이어지는 남성의 목소리. 레스토랑에서 쓰러진 그 남자의 얼굴이 떠올랐다.

윤우는 가벼이 웃으며 대답했다.

"안녕하세요. 몸은 좀 어떠신가요?"

– 덕분에 지금 병원에서 나왔습니다. 안정을 취하면 된다고 하더군요. 식당에서 도와주신 얘기를… 상세히 들었습니다. 담당의사가 그러더군요. 그 상황에서… 비상약까지 찾아 대처하는 게 쉽지 않은데 운이 좋았다고… 혹시

의대생이신지?

"전혀 관계없는 국문학도입니다."

– 국문학도라… 허허, 그렇군요.

정중하면서도 나긋나긋한 목소리가 듣기 좋았다. 노신
사답다고 해야 할까. 외모와 굉장히 잘 어울리는 인품 가
득한 목소리다.

– 조만간 뵙고… 다시 인사를 드리고 싶군요. 생명의 은
인에게 보은할 수 있는 기회를 저에게 주시지요.

윤우가 강태완 이사장의 목숨을 기적적으로 구한 다음
날.

오랜만에 만난 윤우와 가연은 카페에 앉아 책을 읽었다.
간혹 이렇게 서로 아무 말 없이 앉아 책을 읽곤 했는데, 책
을 좋아하는 윤우를 위한 가연이의 배려였다.

하지만 윤우가 읽고 있었던 것은 일반 책이 아니라 고신
문(古新聞) 복사본이었다. 일전에 소진욱 교수가 제안했던
국제비교문학회 발표 건으로 준비를 하고 있는 것이다.

물론 데이트하는 곳까지 나와 연구자료를 읽는 윤우의
마음은 썩 편하지 않았다. 하지만 얼굴이라도 보고 싶다는
가연의 말에 어쩔 수 없이 자료를 챙기고 나왔다.

'그래도 신경이 쓰이네.'

윤우는 슬쩍 가연이를 바라보았다. 그녀는 자신의 어깨에 기댄 채 작은 시집에 시선을 보내고 있었다.

그녀가 읽고 있는 시집은 김중식 시인의 '황금빛 모서리'였다. 지난주 쯤 자신이 선물해 준 책이다.

꽤 집중을 하고 있는 것을 보니 시가 마음에 드는 모양이다. 어느새 페이지가 마지막을 향해 달려가고 있다.

실제로 그녀는 지금까지 한 번도 눈을 떼지 않고 시집에 집중하고 있었다.

가연은 책을 읽는 걸 그리 좋아하지 않았지만, 윤우의 영향을 받아 어느덧 독서가 취미가 되어 버렸다.

'좋아하는 사람들은 서로를 닮아간다던데. 틀린 말은 아닌가보네.'

그런 생각을 하며 윤우는 흐뭇한 미소를 지었다. 잠시 쉴 겸 자료를 내려놓았다.

"읽을 만 해?"

"괜찮은 것 같아. 그런데 한자가 많아서 좀 읽기가 어려운 부분이 있어. 저기, 이건 무슨 글자야?"

윤우는 가연이의 손가락을 따라갔다. '황금빛 모서리'라는 제목의 시에 있는 한자어 '彼岸'이었다.

"'피안'이야. 쉽게 말해 이상적 경지를 나타내는 말이지. 불교에서 많이 쓰이는 말이기도 하고. 원래는 산스크

리트어인데 피안으로 번역된 거야."

가연은 고개를 끄덕이며 살짝 부끄러운 표정을 지었다.

가끔 윤우의 앞에서는 무식한 사람이 된 것 같은 느낌이 든다. 사소한 것 하나라도 잘 보이고 싶은데, 지식적인 측면에서는 도저히 윤우를 따라잡을 수가 없었다.

실제로 윤우는 모든 방면에서 깊이 있는 교양을 갖추고 있었다.

문과 출신이 꺼려한다는 과학과 수학에도 관심이 있었고, 의·약학을 비롯해 화학과 공학을 포함한 모든 근대적인 학문에 지식이 있었다.

이 모든 것은 그의 깊이 있는 독서경험을 통해 얻은 지식들이었다. 그리고 윤우는 이번에 환생을 하며 부족한 부분을 채울 수 있는 '시간'을 얻었다.

'읽어야 하는 책은 많지만 시간은 늘 부족한 법이지.'

윤우는 지난 생애에서 놓쳤던 책들을 읽으며 자신의 지식세계를 한층 더 보완하기로 결정한 상태였다.

이렇게 지식을 쌓아가다 보면 10년, 20년이 지난 후엔 어떤 사람이 되어 있을까. 문득 그런 기대감이 드는 윤우였다.

그런 생각을 하다 보니 가연이와 눈이 마주쳤다.

가연은 미소를 짓더니 턱을 살짝 들었다. 키스를 해달라는 그녀만의 귀여운 신호였다.

윤우는 왼손으로 가연의 뺨을 어루만지며 입술에 키스했다. 그때 가연의 시선이 윤우의 왼손에 닿았다.

"응? 손은 왜 그래? 다쳤어?"

가연은 그제야 윤우의 상처를 알아보았다. 어제 슬아가 붙여 준 밴드가 아직도 붙어 있었는데, 계속 책을 들고 있어서 이제야 알아본 것이다.

"어제 좀 일이 있었거든."

"무슨 일?"

윤우는 잠시 책을 내려놓고 어제 있었던 일을 설명했다. 고개를 끄덕이며 윤우의 말을 모두 들은 가연은 환한 미소를 지었다.

"대단하다. 어떻게 그 상황에서… 그런데 그 이사장님은 이제 괜찮으셔?"

"오늘 연락이 또 왔는데 이제 완전히 안정을 찾으셨다고 하더라. 다음 주 수요일에 만나기로 했어."

"그렇구나. 어떻게 보답해 주실지 궁금하네."

"내 말이."

윤우도 궁금하던 차였다. 강태완 이사장은 '생명의 은인'이라는 거창한 표현을 사용하며 윤우에게 거듭 감사의 뜻을 표한 상황이었다.

이번 인연을 잘만 이용한다면 나중에 신화대학교에서 교수 자리를 하나 구할 수도 있을 것이다. 사립대학에서 이사장의 권한은 절대적이니까.

하지만 윤우는 신화대학교엔 조금도 관심이 없었다. 그의 목표는 오직 한국대학교였다. 그곳에서 교수를 할 수 없다면 또 모를까, 지금은 모든 조건을 충족한 상태였다.

'꿈은 크게 가질수록 좋은 법이지.'

그렇게 생각한 윤우는 돌아오는 수요일을 기다려 보기로 했다. 큰 기대는 하지 않았다. 지금은 스무 살, 겨우 대학교 1학년이었을 뿐이니까.

시간은 금방 지나갔다. 어느새 강태완 이사장과 약속을 한 수요일 아침이 밝았다.

윤우는 오전부터 준비를 서둘렀다. 신화재단은 경기도에 위치하고 있어 가는 데 시간이 꽤 걸리기 때문이었다. 이사장과는 점심 약속을 했다.

성진이도 초대를 받았지만 시간이 맞지 않아 나올 수가 없었다. 강태완 이사장은 다음에 다시 자리를 마련하기로 하고, 일단 윤우부터 초대를 했다.

"가서 꼭 금괴라도 하나 얻어와. 알았지?"

예린이가 윤우를 배웅하며 한마디 했다.

"금괴는 무슨. 너 입학 좀 시켜달라고 부탁해 볼까?"

"멀어서 싫어."

"까다롭기는. 그럼 다녀오마."

윤우는 가방을 들고 바로 역으로 향했다. 지하철은 한가했다. 덕분에 윤우는 연구 자료를 꺼내 편하게 읽으며 목적지로 이동할 수 있었다.

그로부터 한 시간 반 뒤 윤우는 신화재단 건물에 도착할 수 있었다.

건물 엘리베이터로 통하는 길이 게이트로 막혀 있었다. 어쩔 수 없이 윤우는 우측 안내 데스크로 갔다.

"강태완 이사장님을 뵈러 왔습니다."

"안녕하세요. 실례지만 성함이?"

"김윤우입니다."

컴퓨터를 들여다보던 여직원이 반갑게 웃었다.

"아, 김윤우 님. 말씀은 전해 들었습니다. 제가 직접 안내해 드리겠습니다. 이쪽으로 오세요."

윤우는 게이트를 통과해 여직원의 안내를 받으며 엘리베이터에 몸을 실었다. 엘리베이터는 10층에서 멈췄고, 그층 맨 끝에 있는 이사장실로 들어갔다.

여직원은 들어오지 않고 바로 돌아갔다. 원래는 이렇게 안내를 해주는 경우는 없지만, 이사장의 특별 지시가 있어 직접 여기까지 안내를 온 것이다.

"또 뵙는군요."

비서실장 김가영이 윤우를 맞았다. 검은색 여성 정장을 입고 있었는데 지적인 외모에 무척 잘 어울렸다.

"초행이다 보니 제가 좀 일찍 왔네요."

"괜찮습니다. 오늘 오전 스케줄은 없으시거든요. 자, 이 쪽으로 오시죠."

윤우는 김가영의 뒤를 따랐다. 김가영이 안쪽 문을 노크 했고, 문을 열고 안으로 들어갔다.

굉장히 넓은 공간이 나타났다. 벽에는 고급스러운 서양 화가 걸려 있었고, 테이블 위에는 드문드문 백자(白磁)가 놓여 있었다. 기품이 넘치는 인테리어였다.

이사장이 사용하는 책상 위엔 난초가 양옆에 두 개 놓여 있었다. 그리고 그 가운데엔 이제 건강을 되찾은 강태완 이사장이 앉아 있었다.

백발의 노신사가 안경을 벗으며 자리에서 일어섰다.

"어서 오시지요."

그런데 이사장 혼자가 아니었다. 그의 좌측엔 교복을 입 은 여학생이 앉아 있었다.

고등학생 정도로 보였는데, 소녀도 일어서더니 윤우에 게 가볍게 목례했다. 윤우도 고개를 숙였다.

"건강해 보이셔서 다행입니다. 이젠 완전히 괜찮아지신 건가요?"

"워낙 나이를 먹은 탓에 회복이 더딜 줄 알았는데, 이번

엔 좀 괜찮은 것 같군요. 자, 우선 이쪽으로. 김 실장. 차
좀 부탁하네."

"알겠습니다."

김가영 실장이 나가자 윤우와 강태완이 소파에 앉았다.
그리고 이름 모를 소녀도 태완의 옆자리에 앉았다.

"아, 그러고 보니 소개를 하지 않았군요. 이쪽은 제 손
녀입니다. 제 목숨을 구해준 분이 오신다기에 꼭 보고 싶
다고 해서 데려왔지요. 실례가 되지 않았는지 모르겠습니
다만……"

"실례는 무슨요. 반갑습니다."

"강서연입니다. 할아버지를 도와주셔서 정말 감사드려
요."

귀와 손가락에 어떤 귀금속도 걸지 않았지만 그 자체만
으로도 귀티가 나는 그런 외모를 가진 아름다운 소녀였다.
눈빛이 야무져 쉽지 않은 분위기를 풍겼다.

강태완 이사장이 끼어들었다.

"그런데 윤우 씨는 어느 학교에 다니고 있는지? 아무래
도 제가 학교를 경영하다보니 그런 쪽에 먼저 관심이 가는
군요."

"한국대학교 다닙니다. 전공은 저번에 말씀드린 대로
국문학이고요."

"한국대, 그렇군요. 사실 저도 학부는 한국대를 나왔습

니다. 대학원은 경영을 공부하려고 미국에서 나오긴 했지만 말입니다. 이거, 먼 후배를 만난 기분이군요. 허허."

"그러셨군요."

윤우는 새삼스레 학연의 무서움을 느꼈다.

전생, 그러니까 백은대학교 시절에는 전혀 경험해보지 못한 일들이었다.

어딜 가나 보스들은 대개 한국대 출신들이었다. 일전에 만났던 기가스터디의 손민욱 사장도, 지금 눈앞에 있는 강태완도 한국대 출신이었다.

"그런데 역시 인문대보다는 윤우 씨에겐 의대가 어울리는 것 같군요. 사실 아직도 좀 믿기지가… 마치 하늘이 절 도우려 윤우 씨를 보낸 것 같은 느낌이 들 정도였지요. 좀 준비하셔서 우리 대학 의대로 오시는 건 어떻습니까?"

"의대는 외우는 게 많아서 자신이 없네요. 외우는 건 쥐약이라서요."

윤우가 농담 삼아 대답했다. 한국대 출신이 이런 말을 하는 게 재미있는지 강서연은 작은 미소를 지었다.

그녀는 처음부터 지금까지 단 한 순간도 윤우에게서 시선을 떼고 있지 않았다. 날카로운 눈매가 전신을 스캔하듯 윤우를 관찰하고 있었다.

그녀의 눈에 비친 윤우는 흥미로운 사람이었다.

나이가 어린데도 연륜이 느껴졌고 말투가 천박하지 않아 포근함이 느껴졌다. 지적인 눈빛과 제스처를 보고 있으니 괜히 마음이 설레였다.

　강서연이 말했다.

　"그래도 한국대 출신이면 공부 잘 하지 않아요? 의사하셔도 잘 어울릴 것 같은데."

　"의사엔 별 흥미는 없습니다. 하고 싶은 건 따로 있거든요."

　"그게 뭔데요?"

　"교수요. 학부 졸업하고 바로 대학원 갈 거고, 기회가 된다면 한국대에서 교수로 일하고 싶어요."

　강서연의 눈에 이채가 돌았다. 자신보다 두 살이 많을 뿐인데 이렇게 확고한 비전이 있는 사람은 태어나서 처음 보았기 때문이다.

　그것은 강태완 이사장도 마찬가지였다. 그는 교육계에 몸담으며 지금까지 무수히 많은 인사들을 만나 왔다. 하지만 그 누구도 윤우와 닮은 사람이 없었다.

　"확고한 목표로군요. 교수라면… 신화대엔 관심이 없습니까? 향후 신화대는 국제교류 사업을 할 계획이라, 한국어교육과정을 확충하고 국문과도 몸집을 키울 생각이지요. 그러려면 우수한 교원이 필요합니다."

　"이사장님께서는 외국 유학생 유치를 하려고 하시는 거군요."

"이거… 놀랍군요. 정확히 보셨습니다."

윤우는 강태완 이사장이 꽤 시류에 밝다는 생각을 했다. 향후 한류열풍과 더불어 동아시아권에서 한국어에 대한 관심이 높아지기 때문이다.

그 결과로 중국과 베트남, 일본 등 다양한 국가에서 학생들이 한국으로 유학을 오게 된다. 지금부터 교육 인프라를 구축해 놓는다면 메이저 대학에 밀리지 않을 것이다.

물론 그렇다고 해서 윤우의 관심을 확 끌어당길 수는 없었다. 그의 목표는 여전히 확고했으니까.

"죄송하지만, 솔직히 말씀드려 다른 대학은 생각해 본 적이 없습니다. 저는 목표만 바라보고 달리는 습관이 있어서요. 좀 안 좋은 습관일 수도 있는데, 그럴 때만큼은 주변은 잘 보지 못합니다."

"허허허, 안 좋은 습관이라니요. 바람직한 자세지요. 요즘 젊은이들은 목표가 모호한 편인데… 윤우 씨는 전혀 그렇지 않군요. 믿음직스럽습니다."

강태완은 말을 하는 내내 고개를 주억거렸다. 왠지 자신의 젊은 시절의 모습을 보는 것 같았다. 그랬기에 윤우의 말을 십분 이해할 수 있었다.

"그런데 서연아. 왜 그런 표정을 하고 있는 게냐? 하고 싶은 말이 있으면 부담 없이 해 보거라."

"그래도 돼요?"

윤우는 고개를 끄덕였다. 그러자 서연이 눈을 빛내며 말했다.

"저, 이 오빠한테 공부 배워보고 싶어요."

"공부라."

"다른 과외 선생님들은 고지식해서 말이 안 통하거든요. 근데 이 오빠는 뭔가 달라 보여서요."

서연이는 외동이었다. 그만큼 고집이 있었고, 한 번 꽂힌 것은 어떻게 해서든 쟁취하는 그런 스타일이었다.

그렇다고 해서 이성적인 끌림이 있었던 것은 아니었다. 사람 자체에 대한 호기심이었다. 자신이 모르는 것을 뭐든 알 것 같은 그런 막연한 동경 같은 느낌.

"허허, 이거 실례가 많습니다. 제 손녀가 어려운 부탁을 드리는군요."

"전 괜찮습니다. 그런데 제가 시간이 좀 부족해서요. 곧 학회 발표 준비도 해야 해서."

완곡한 거절을 담은 멘트였지만 강서연은 받아들이지 않았다. 턱을 슬쩍 들며 당당히 말했다.

"일주일에 한 번이라도 상관없어요. 제 집이 한국대 근처니까 부담도 덜 되실 거구요. 보수는 할아버지께서 섭섭지 않게 드릴 거고."

강서연이 또박또박 말했다. 강태완은 두 손 들었다는 표정을 보였다.

사실 윤우로서는 나쁘지 않은 제안이었다. 강태완은 쉽게 잡을 수 없는 인맥이었다. 사학재단 이사장이면 국회의원에 버금가는 힘을 가지고 있는 사람이다.

나중에 교수 임용 때에도 분명 도움을 받을 수 있을 것이다. 장기적으로 봤을 때 한국대 동문으로서 큰 역할을 하고 있는 강태완이 영향력을 행사할 수도 있다.

윤우는 잠시 고민을 했다.

"지금 결정을 내려도 되지 않는 거라면 조금 고민해 보도록 할게요."

"고마워요, 선생님."

서연은 벌써 결정이 된 것처럼 윤우를 선생님이라고 불렀다.

약속시간인 12시가 되자 이사장의 아들 내외가 와서 윤우에게 감사의 뜻을 표했다. 아들은 재단 사무국에서 일하고 있었는데, 예의가 바르고 올곧아 보이는 사람이었다.

인사가 대충 마무리되고 윤우는 강태완 이사장과 그의 손녀와 함께 엘리베이터를 타고 1층으로 내려갔다. 점심 식사는 강 이사장이 예약해 둔 한정식집에서 하기로 했다.

"그런데 선생님은 왜 자꾸 저한테 존댓말해요?"

궁금증을 참을 수 없었던 서연이가 윤우에게 물었다.

"초면에 반말을 하는 건 실례니까요."

"두 번 봤다 치고 말 편하게 하세요. 이상하잖아요. 나보다 나이도 많으신데."

"존댓말은 나이 차이가 날 때만 하는 게 아니죠. 나이차를 떠나서 상대방을 존중한다는 의미도 있으니까요."

강 이사장은 고개를 끄덕거렸다. 윤우의 한마디가 마음에 쏙 들었던 것이다.

"서연아. 이건 네가 꼭 새겨들어야 할 말 같구나."

"할아버지도 참……."

아무튼, 세 사람이 엘리베이터에서 다시 나올 때는 윤우가 서연이에게 반말을 하게 됐다.

재단 건물 앞에서 일행을 기다리고 있는 것은 국산대형차였다. 사학 재단 이사장이라는 지위에 비하면 조금 소박해 보이는 그런 차였다.

"이거 중요한 손님이 오셨는데… 좋은 차로 모시지 못해 송구합니다."

윤우는 좀 의외였지만 미소를 보였다.

"괜찮습니다. 충분히 좋아 보이는데요."

"할아버지는 매번 근검절약, 근검절약 하시니까요. 선생님이 이해하세요."

노신사답게 씀씀이가 헤프지 않은 모양이다. 신화재단

에 숨겨진 사소한 비밀을 알게 된 윤우는 점점 이사장에 대한 이미지가 좋아짐을 느꼈다.

"그런데 서연이는 오늘 학교 안 가? 방학이니 보충수업이 있을 것 같은데."

"점심 먹고 갈 거예요."

그렇게 멋대로 해도 되냐고 물어보려 했는데 의외로 답이 금방 나왔다. 할아버지가 재단 이사장인데 무엇이 무서울까. 그래도 서연은 나름 학교에 열심히 나가는 편이었다.

차가 출발한 지 10분이 지나자 목적지에 도착했다. 고급 한옥식 인테리어로 되어 있는 식당이었다. 방 안으로 들어가니 이미 식사 준비가 끝나 있었다.

윤우는 자리에 앉아 주변을 둘러보았다. 문밖에 연못과 물레방아까지 있었다. 인테리어와 종업원의 몸가짐을 보니 보통 비싼 곳이 아닌 것 같았다.

'이렇게 비싼 데는 태어나서 처음이네.'

종업원이 찻잔을 놓고 각자의 잔에 조심스럽게 찻물을 따랐다. 그것을 한잔 들이켠 강태완이 윤우를 보며 소탈하게 웃었다.

"평소 제가 중요한 손님과 함께 찾는 곳입니다. 자주 오는 곳은 아닙니다만, 윤우 씨 입맛에 맞을지는 모르겠군요."

"아, 괜찮습니다. 저는 입맛이 싼 편이라 인스턴트도 잘 먹거든요. 그런데 이렇게 비싸 보이는 곳은 처음이라 그런지 좀 긴장되네요."

"처음? 왜요?"

강서연이 눈을 동그랗게 뜨고 물었다. 부잣집 딸내미니 이해가 안 갈 법도 하다.

"얘야. 그런 질문은 실례란다. 이거 죄송합니다. 마음에 두지 마시지요."

윤우는 강 이사장의 인품에 감탄하지 않을 수 없었다. 이야기를 나눠볼수록 좋은 사람이라는 느낌이 들었다. 가식적인 면이 전혀 없었다.

"왜냐면, 우리 집은 이런 곳에 올 정도로 그렇게 부유하진 않거든."

손녀가 또 무슨 말을 꺼낼까 염려된 강 이사장이 선수를 쳤다.

"그래도 이렇게 훌륭한 아드님을 두셨으니 부모님께서 자랑스러우시겠습니다."

"아직 멀었습니다. 더 효도해야죠."

강 이사장은 허허 웃으며 고개를 주억거렸다. 윤우가 그의 인품이 마음에 든 것처럼, 그도 윤우의 마음가짐에 호감을 느끼고 있었다.

곧이어 음식이 하나 둘 나오기 시작했다. 고급스러운 자기에 담겨 나오는 정갈한 음식은 한눈에 봐도 맛있어 보였다. 다음에 또 이런 걸 맛볼 기회가 있을까 싶을 정도로.

"어서 드시지요."

"감사히 잘 먹겠습니다."

"그런데 윤우씨는……."

윤우와 강 이사장은 식사를 하며 가볍게 이야기를 나누었다. 주제는 다양했다. 대학에 대한 이야기를 나누기도 했고, 윤우의 가정사에 대한 이야기도 나눴다.

강 이사장은 윤우의 부모가 어떤 사람인지 궁금했다. 굉장히 인상적인 청년이었기 때문이다. 윤우는 부모님이 어떤 일을 하고, 동생이 수험생이라는 것까지 모두 말했다.

"그런데 선생님. 어떡하면 선생님처럼 공부를 잘할 수 있죠? 저도 한국대 가고 싶은데."

"두 가지만 기억하면 돼. 예습과 복습."

하지만 마음에 드는 대답이 아니었는지 서연이 입술을 툭 내민다.

"왜 선생님들은 다 똑같은 말만 해요? 시시하게."

"점수를 올릴 수 있는 가장 확실한 방법이니까. 공부만큼은 노력을 배신하지 않아."

"허허, 노력이라… 서연이는 머리는 좋은데 노력을 하지 않는 편이라서 걱정이 좀 됩니다."

머리가 좋은데 그것을 제대로 쓰지 않는 사람은 똑똑하다고 할 수 없다. 진짜 머리가 좋은 사람들은 좋은 머리를 이용해 끊임없이 노력한다.

물론 윤우는 그런 생각을 입 밖에 내진 않았다. 다만 서연에게 몇 가지는 충고해 주고 싶었다.

"공부엔 목적이 중요해. 단순히 어느 학교를 가고 싶다고 하는 공부에는 한계가 있을 수밖에 없지."

서연은 고개를 갸웃했다.

"좀 와 닿지 않네요. 한국대 가고 싶으니 열심히 해야 하는 건 당연한 거잖아요?"

"가서 뭘 전공할 생각인데?"

"글쎄요. 거기까진……."

윤우는 작게 미소 지었다. 예상했던 대로였다. 대개 고등학생들이 서연이와 같은 문제를 겪곤 한다.

"내가 무엇을 배우고, 누구와 어울리고, 졸업한 뒤에는 전공을 어떻게 살릴 것인지 하나씩 구체적으로 그려봐야 공부에 열의가 생기는 법이야. 다른 말로 그걸 목표라고 하기도 하고."

윤우가 가끔 상훈고등학교로 멘토링을 나갈 때 늘 하는 말이었다. 분명한 목표를 가져라. 그리고 그 목표를 향해 한발 한발 내딛어라.

그것은 새로운 삶의 기회를 얻은 윤우가 지금까지 해왔

던 일이기도 했다. 분명한 목표가 있으면 그 목표로 향하는 길이 드러나게 되는 법이니까.

차분한 표정으로 윤우의 말을 경청하던 강 이사장이 고개를 끄덕였다.

"좋은 말씀입니다. 잘 들어 둬라. 선생님 말씀."

"그치만……."

"서연아."

"네, 알겠어요."

서연이가 꼬리를 내렸다. 강 이사장은 윤우를 보며 화제를 돌렸다.

"그나저나 일전에 있었던 일에 대해 제가 답례를 해야 할 텐데……."

윤우는 손사래를 쳤다.

"아닙니다. 이렇게 좋은 음식을 대접받고 있는데요. 이걸로도 충분합니다."

"생명의 은인에게 식사 대접은 늘 해드릴 수 있는 거지요. 저도 이런 일은 처음이라… 어떻게 보답을 해야 할지 모르겠습니다. 혹시 제게 부탁하실 게 있다면, 제 능력 선에서 해드릴 수 있는 거라면 들어드리도록 하지요."

강 이사장의 말은 진지했다. 그는 수저를 내려놓고 정자세로 윤우의 대답을 기다리고 있었다. 덕분에 윤우도 수저를 내려놔야 했다.

"솔직히 말씀드리면 특별히 생각해 본 게 없습니다. 그저 점심이나 먹고 오자 이런 생각이었거든요."

"그렇습니까?"

강 이사장은 맞은편에 걸린 수묵화를 바라보며 곰곰이 생각에 잠겼다. 윤우는 그가 말을 꺼낼 때까지 잠자코 기다렸다.

이윽고 이사장의 입이 열렸다.

"하나 제안을 드리고 싶군요. 조금 주제 넘는 생각일지도 모르겠습니다만……."

"괜찮으니 말씀하세요."

"윤우 씨의 부모님을 우리 재단에서 채용하는 것은 어떨는지요? 대우와 조건 면에서 지금 하고 있는 일보다 훨씬 좋을 겁니다."

"부모님을요?"

아까 집안에 대해 이야기를 나눌 때 윤우가 했던 말을 이사장이 기억해 준 것이다. 윤우는 부모님이 늦게까지 일을 하시는 것에 무척 신경을 쓰고 있었다.

갑작스럽긴 해도 윤우로서는 거절할 이유가 없는 일이었다. 하지만 그렇다고 무턱대고 결정할 수도 없는 일이다. 자신의 일이 아니라 부모님 일이니까.

"감사한 말씀이긴 한데… 부모님께 여쭤보고 결정해도 괜찮을까요?"

"물론, 그렇게 하시지요."

"저 과외 해주시는 것도 빨리 결정해 주시고요."

야무진 서연의 말에 윤우와 강 이사장은 한차례 웃음을 터트리고야 말았다.

NEO MODERN FANTASY STORY

뉴 라이프
NEW LIFE

Scene #28 특별한 과외

Scene #28 특별한 과외

　여름방학이 끝난 한국대 캠퍼스는 학생들로 북적였다. 하지만 아직 더위는 사그라질 기미가 보이지 않았다. 많은 학생들이 손에 부채를 들고 있다.

　윤우는 다음 강의를 위해 교양강의동으로 향했다. 신청한 과목은 '실용적 글쓰기'였다. 좋은 학점을 따기 위해 이번에도 문학 위주의 교양을 선택했다.

　'이번학기에도 4.5를 찍어야 할 텐데. 전액장학금도 장학금이지만 조기졸업을 하는 게 좋겠어. 학석사과정 연계로 시간을 줄이는 것도 방법이고.'

　아직 윤우는 1학년이었기 때문에 교양강의 위주로 수업을 듣는다. 지금은 전공이라고 해도 기초과목 뿐이라 윤우의 진가는 내년에야 발휘될 예정이었다.

강의실로 들어가 자리를 잡고 앉은 윤우는 수업계획서를 꺼내 읽어보았다. 그때 휴대폰으로 전화가 왔다.

아버지였다.

"예, 아버지. 새 직장은 어떠세요?"

– 아주 좋다. 아주 좋아. 보안실장님도 신경을 많이 써 주시고. 내가 여기서 일을 해도 되나 싶기도 하구나.

윤우의 부모님은 오늘 신화재단으로 직장을 옮겼다. 아버지는 보안실에서, 어머니는 직원식당에서 일을 하게 되었다. 대우는 이전 직장보다 훨씬 좋았다.

무엇보다도 밤늦게까지 일을 하지 않아서 좋았다. 가족들이 한자리에 모여 저녁을 먹을 일이 거의 없었는데, 이제는 일상이 될 것 같다. 그 점이 윤우가 제일 마음에 드는 부분이었다.

윤우는 오랜만에 정장을 입고 출근하는 아버지의 모습을 떠올리며 흐뭇한 미소를 지었다.

"다행이네요. 어머니는 어떠세요?"

– 거기도 좋다더구나. 구박하는 주인이 없어서 속이 다 시원하대. 허허허.

"정말 잘 됐어요."

그렇게 윤우는 몇 마디를 더 나눈 다음 전화를 끊었다.

변화는 그것뿐만이 아니었다. 윤우는 서연이의 과외 선

생님이 되었다. 부모님이 도움을 받은 이상 부탁을 거절하는 것도 모양새가 좋지 않았기 때문이다.

과외는 매주 한 번, 월요일 저녁에 하는 것으로 정했다. 강서연의 집은 한국대 바로 근처에 있어 오가는 데 부담이 훨씬 적었다.

오늘이 첫 과외일이었다. 윤우는 서연에게 스케줄 변동 사항이 없는지 문자를 보냈다. 답장은 곧바로 날아왔고, 오늘 찾아가는 것으로 확정이 되었다.

그때 김승주가 강의실로 들어왔다. 윤우는 손을 슬쩍 들었다. 이번 학기에 두 사람은 교양필수 과목 두 개와 이번 강의를 같이 듣는다.

"표정이 왜 그래? 무슨 일 있어?"

대꾸 없이 가방을 내려놓은 승주는 자리에 앉자마자 한숨부터 내쉬었다. 안색이 창백한 게 마치 귀신이라도 보고 온 사람처럼 보였다.

윤우는 씨익 웃었다. 국문과엔 귀신보다 더 무서운 사람이 한 명 있었으니까.

"송현우 선배한테 깨졌구나?"

"맞춤법 좀 틀렸다고 이렇게 박살날 줄은 꿈에도 몰랐어……."

그 한 마디를 남긴 승주는 책상 위로 엎드렸다. 이미 한 번 경험한 바 있는 윤우는 말없이 그의 등을 토닥여 주었다.

이번 학기를 시작으로 승주도 소진욱 교수 연구실에 합류했다. 그랬기 때문에 아무래도 송현우와 부딪힐 일이 많아졌다.

'송 선배가 지나친 건 사실이야. 하지만 생각해 보면 그리 나쁜 사람은 아니지.'

송현우는 꼭 필요한 일에만 참견을 했다. 연구나 학문 외적인 일에는 전혀 터치를 하지 않았다.

바꿔 말하면 그가 얼마나 학문에 진지하게 임하고 있는지를 보여주는 것이었다. 그랬기에 윤우는 현우를 나쁘게 평가하지 않았다.

전생에 오래도록 대학원 생활을 했던 윤우는 좋은 소리보다 쓴 소리가 학문적 성취에 더 도움이 된다는 사실을 잘 알고 있었으니까.

결론적으로 송현우는 꼭 필요한 선배인 것이다.

"그래서 어떻게 대학원 가려고 그래? 나중에 논문 디펜스할 때 기절하는 거 아닌가 모르겠다. 듣자 하니 남재창 선생님이 저번 학기 논문심사 때 어떤 선배 논문 집어 던졌다던데. 웬 쓰레기가 책상 위에 올라와 있냐고."

"그건 좀 다른 문제지. 철자 하나 잘못 썼다고 영혼까지 털어먹는 건 좀 아니잖아. 왠지 세종대왕님이 싫어지는 월요일이야."

어이없는 농담에 윤우는 피식 웃었다. 곧이어 담당 교수가 강의실로 들어왔고, 강의가 시작되었다.

◆

강의를 모두 마친 늦은 오후, 윤우는 교내에 위치한 은행에 들러 국제비교문학회 쪽으로 가입비를 보냈다. 발표를 하기 위해서는 학회 회원으로 등록을 해야 했기 때문이다.

윤우는 학부생이었기 때문에 일단 준회원으로 만족해야 했다. 정회원이 되려면 박사과정에 등록하거나 관련학과 교수직을 가지고 있어야 한다.

윤우는 연구실로 돌아와 국제비교문학회 총무간사에게 입금 확인 메일을 보냈다.

'연구계획서는 모레쯤 마무리를 해서 보내야겠다. 잘 되어야 할 텐데.'

내용적인 면에서 걱정하는 것은 없었다. 윤우의 관심분야라 학술적 깊이가 떨어지는 일은 없을 것이다.

문제는 학부생에게 정식 발표를 허가하는 일이냐 하는 문제다. 등재후보지라고 해도 학부생이 공식 학회에서 발표하는 일은 무척 드물기 때문이다.

학회는 발표자와 토론자가 만드는 하나의 무대다. 토론 상대는 그 분야의 전문가가 초빙된다. 관객에게 만족스러운 무대를 선사하기 위해서는 철저한 준비가 필요했다.

'아차, 서연이 과외 가야지? 슬슬 일어나야겠네.'

윤우는 생각을 끊고 가방을 챙겨 자리에서 일어섰다. 바로 그때,

"벌써 가냐?"

송현우가 엄한 목소리로 윤우를 불러 세웠다. 윤우는 다시 가방을 내려놓았다. 적당한 핑계를 머릿속에 떠올려야 했다. 과외를 하러 간다고는 말할 수 없었다.

"저녁에 약속이 있어서요. 혹시 시키실 일 있으신가요?"

"그런 건 아니고, 프로젝트 끝났다고 너무 풀어지지 말라고. 그런데 승주 이놈은 어디로 갔어?"

"아직 수업 안 끝났을 거예요."

현우는 시계를 보더니 노골적으로 못마땅한 표정을 지었다. 하지만 수업이 끝나지 않았다는데 그렇고 해서 뭐라 할 말은 없었다.

"가 봐. 아차, 잠깐. 너 곧 있을 학회에서 발표를 한다고 했지?"

"아직 결정되진 않았어요. 내일 모레 신청을 할 예정입니다."

"준비는 잘 되고 있는 거겠지? 중간 중간 나한테 체크를 받도록 해라. 학회에서 소진욱 교수님 이름에 먹칠을 하면 안 되니까."

"알겠습니다."

시원하게 대답을 하긴 했지만, 윤우는 한낱 석사 따위에게 자신의 연구물을 검증받아야 한다는 사실에 마음이 편치 않았다. 하지만 어쩌랴. 그의 후배로 태어난 것을.

◈

윤우는 근처 패스트푸드점에서 간단히 저녁을 먹고 강서연의 집으로 향했다. 한국대 근처에 있는 고급 아파트였기 때문에 찾는데 그리 어렵지는 않았다.

아파트 곳곳에 CCTV가 설치되어 있었다. 대신 경비의 모습은 보이지 않았다. 가끔 도로를 지나다니는 경비업체 차량만 눈에 띌 뿐이다.

'왠지 살벌한데?'

윤우는 입구에 서서 주변을 두리번거렸다. 문 오른쪽에 입력장치가 있었다. 안내 문구를 충분히 숙지한 뒤 1803을 입력하고 호출 버튼을 눌렀다.

– 선생님?

"그래."

– 잠시만요.

서연의 목소리가 스피커폰으로 들렸다. 곧이어 문이 열렸고, 윤우는 엘리베이터를 타고 18층으로 올라갔다.

1803호의 문은 열려 있었다. 서연이가 현관문을 붙잡은 채 손을 흔들었다.

"여기에요. 좀 일찍 오셨네요?"

"이렇게 가까운 데 있을 줄은 몰랐어."

"거봐요. 제가 가깝다고 얘기했었잖아요. 자, 어서 들어오세요."

윤우는 슬리퍼를 신고 안으로 들어갔다. 집이 굉장히 넓었다. 벽지도 흔히 볼 수 있는 그런 것이 아니었다. 고풍스러운 서양화와 잘 어울리는 고급스러운 분위기다.

거실에는 대형 TV와 안락한 소파가 놓여 있었다. 엔틱 가구 위에 백자가 놓여 묘한 분위기를 연출하기도 했다. 좌측으로 시야를 돌리니 창 너머로 산봉우리가 훤히 보였다. 전망이 좋은 곳이었다.

감상은 거기까지였다. 너무 둘러보는 것도 실례가 되는 터라 윤우가 시선을 거두고 서연에게 물었다.

"부모님은?"

"안 계셔요. 오늘은 늦게 들어오세요."

윤우는 서연의 뒤를 따라 그녀의 방으로 들어갔다. 달콤한 향기가 코를 자극했다. 울긋불긋한 꽃무늬가 들어간 벽지, 그리고 침대 위엔 커다란 북극곰 인형이 자리하고 있다.

하지만 윤우의 관심을 가장 먼저 끈 것은 책장이었다.

"제법 책을 많이 읽는구나."

윤우는 한쪽 벽면을 가득 채운 책장 앞에 섰다. 서연은 뿌듯한지 가슴을 펴고 대답했다.

"어렸을 때부터 습관처럼 읽었어요. 우리 할아버지가 독서만큼 중요한 게 없다고 늘 강조하셨거든요."

서연이는 말을 할 때마다 자주 할아버지를 언급하곤 했다. 두 사람의 사이가 제법 친밀하다는 것을 알 수 있었다. 하긴 외동이니 사랑을 독차지하면서 자랐을 게 분명하다.

"잠깐 봐도 돼?"

"얼마든지요. 전 간식 좀 준비하고 있을게요."

윤우는 책장에 어떤 책이 꽂혀 있는지 쭉 살펴보았다. 책장을 보면 책을 읽는 사람의 취향이나 관심사가 어떤지 알 수 있다. 당연히 교양의 깊이도 알 수 있다.

섹션은 다양했다. 만화책도 꽤 많이 모아져 있었고, 고전명작은 물론 비문학 서적도 종종 눈에 띄었다. 학생이 이해하기 조금 어려운 철학서도 보였다.

'머리가 좋다는 말이 헛된 말은 아니었구나.'

서연이의 독서 경향을 대강 파악한 윤우는 고개를 끄덕였다. 그리고 책상으로 돌아와 자리에 앉았다. 서연은 주스와 과자 몇 개를 그릇에 담아왔다.

"드세요."

"고마워. 그런데 내가 너에 대해 아는 게 별로 없어서 말이야. 시작하기 전에 이것저것 좀 물어봐야 할 것 같은데."

"그러세요."

서연은 무릎 위에 손을 모으고 얌전히 앉았다. 윤우는 가방에서 다이어리를 꺼낸 다음 펜을 들고 질문을 시작했다.

"계열은 문과인 것 같고… 지금 뭐뭐 배우고 있어? 학원이랑 과외 포함해서."

"학원은 안 다니고, 과외는 전과목 다 하고 있어요."

예상치 못한 대답에 움직이던 펜이 뚝 멈췄다.

"다 하고 있다고? 그럼 굳이 내가 해 줄 필요는 없잖아."

서연은 고개를 가로 저었다.

"선생님은 특별한 과외를 해 주세요."

"특별한 과외라니?"

서연은 윤우를 뚫어져라 쳐다보았다. 하지만 쉽게 입이 떨어지진 않았다.

무언가 고민이 있긴 한 모양이다. 윤우는 그녀가 입을 열 때까지 기다려 주었다.

"그게요, 요즘 뭔가 공부에 흥미가 안 생겨서요. 성적도 좀 정체되어 있는 것 같고."

"공부를 하다 보면 그럴 때가 있지. 일종의 슬럼프라고 할까."

"선생님도 그런 적 있었어요?"

"아니."

서연이 어이없다는 듯 웃었다.

"뭐야, 그런 거 못 겪은 사람이 어떻게 알아요? 뭔가 말이 앞뒤가 안 맞잖아요. 아무튼 제가 드릴 말은 이거예요. 공부에 흥미를 느끼도록 해 주세요."

윤우는 살짝 당황했다. 생전 처음 듣는 부탁이었다. 공부에 흥미가 생기게 해달라니. 차라리 윤우의 입장에서는 성적을 올리는 게 더 쉬운 일이었다.

"일단 성적표 좀 보여줄래?"

서연은 순순히 성적표를 꺼냈다. 고등학교 1학년부터 지금까지의 성적이 모두 기록되어 있었다.

학업 성적은 우수한 편이었다. 한국대에 들어가기는 조금 모자른 수준이었지만, 조금 더 열심히 한다면 얼마든지 들어갈 수 있을 만한 성적이었다.

"이틀 전에 할아버지 만나러 오셨을 때 그랬잖아요. 선생님은 목표만 바라보고 달리는 습관이 있다고. 저도 그 방법을 알려 주세요. 그러면 공부에 흥미를 느끼게 될 거잖아요?"

서연의 눈이 빛났다.

만약 윤우가 저 말을 하지 않았더라면 그녀가 윤우에게 과외를 부탁하는 일은 없었을 것이다.

"그건 스스로가 찾아내야 하는 거야. 남이 강요할 수 없는 부분이니까."

"선생님은 어떻게 그걸 찾으셨는데요?"

서연의 날카로운 질문에 윤우는 말문이 턱 막혔다. 전생에서 이루지 못한 꿈을 이루고 싶어서라고는 대답할 수 없었기 때문이다.

생각해보면 전생의 고등학교 시절에는 별다른 목표의식 없이 살았다. 대강 점수에 맞는 대학 중 평소 조금 관심이 있는 국문과로 진학했을 뿐이다.

오히려 인생의 진짜 목표라고 할 수 있는 것은 수십 년이 지나고 과거로 다시 회귀한 이후에 만들어졌다고 봐야 옳았다. 여러 번 실패를 경험하면서 말이다.

하지만 서연이도 그렇고 윤우에게 충고를 들었던 모든 학생들은 다시 과거로 회귀할 수 없는 사람들이었다. 애초에 실패할 기회가 아예 없는 것이다.

'생각해보니 내가 목표가 있어야 한다는 말을 너무 쉽게 한 것 같다. 반성해야겠는데.'

윤우는 책임감을 느꼈다. 간단히 대답해 줄 수 있는 문제가 아니었다. 이것은 한 사람의 미래가 달린 문제이기도 했다.

하지만 방법이 없는 것은 아니었다. 한참 고민을 한 윤우는 그 책임감의 무게를 충분히 느끼며 결정을 내렸다.

"그럼 내가 상담역을 할게. 지금은 뭔가를 배울 때가 아닌 것 같다. 당분간은 서로 이야기를 나누면서 목표를 찾아보도록 하자. 괜찮겠어?"

"그래요."

그로부터 2시간 뒤, 윤우는 상담을 마무리하고 오늘 나눈 대화를 노트에 일목요연하게 정리했다. 나중에 차트를 만들어 따로 기록을 해둘 생각이었다.

"오랜만에 속이 시원하네요. 친구랑 한참 수다 떤 기분이에요."

확실히 서연이의 표정은 한결 밝아 보였다.

딱히 주제를 놓고 이야기를 나누진 않았다. 학교 이야기를 하다 연예인 이야기를 하기도 했고, 못하는 과목 이야기를 하면서 선생님 욕을 하기도 했다.

그러면서 자연스레 고민거리를 이야기했다. 주로 학교 문제에 고민이 많았다. 아직 마음을 모두 열지 않아 구체적으로 알 수는 없었지만, 윤우는 중요한 부분은 빠짐없이 기록해 놓았다.

"평소에 친구들이랑은 이런 이야기 안하나 봐?"

"할아버지가 이사장이라는 거 소문 다 나서, 친한 친구가 없어요. 겉으로만 친구인 애들만 잔뜩이죠. 집에 돈 많다고 재수 없다고 욕하는 애들도 있고요. 선생님들도 내 눈치 보기에 정신이 없고."

또박또박 하나도 빠짐없이 말했지만 서연의 표정은 씁쓸해 보였다.

왠지 윤우는 서연의 마음을 이해할 수 있을 것 같았다. 어쩌면 그녀가 필요한 것은 선생님이 아니라 자신의 진심을 들어줄 친구였을지도 모른다.

"주위를 잘 둘러 봐. 어쩌면 널 진심으로 친구라고 생각하는 애들이 분명 있을 거야."

"아직은 잘 모르겠어요. 제가 어려움에 처하면 하나씩 떠나갈 테고, 그때가 되어야 하나씩 추려낼 수 있겠죠."

윤우는 살짝 꿀밤을 먹였다.

"그렇게 삐딱하게 생각하지 말고."

"씨이, 알았다구요."

밖으로 나오니 서연이의 부모님이 거실에서 윤우를 기다리고 있었다. 윤우는 허리를 굽혀 먼저 인사했다.

"수고하셨습니다. 저희가 여러모로 도움을 받게 됐네요. 앞으로 우리 서연이 잘 부탁드립니다. 필요한 게 있으면 언제든지 말씀만 하세요. 그리고 이거……."

서연의 아버지가 흰 봉투를 내밀었다. 과외비인 모양이다.

"적게 넣은 건 아닌지 걱정이 됩니다."

"아뇨, 아닙니다. 일주일에 한 번 뿐인데요 뭘."

봉투는 굉장히 얇았다. 윤우는 일단 안주머니에 넣고 그들에게 인사한 뒤 밖으로 나왔다.

집으로 돌아가는 차 안에서 윤우는 봉투를 꺼내 안을 들여다보았다. 흰 수표가 두 장 보였다.

'20만원인가? 한국대 네임밸류 치고는 좀 짜네.'

물론 돈이 중요한 것은 아니었기 때문에 윤우는 그러려니 했다. 어차피 일주일에 한 번이니 적게 받아도 할 말은 없다.

'이번 달 예린이 용돈으로 주면 딱이겠는데?'

오랜만에 좋은 오빠 노릇을 해보겠다고 결심한 윤우는 수표를 제대로 확인해 보지도 않고 안주머니에 넣었다.

"다녀왔습니다."

"어서 와라."

윤우는 문득 달라진 집안 풍경에 잠시 멍하니 서 있었다. 아버지가 거실에서 TV로 바둑 채널을 보고 있었고, 어머니는 저녁 준비를 하고 있다.

태어나서 단 한 번도 보지 못한 가정적인 풍경이었다. 윤우는 왠지 코끝이 찡해옴을 느꼈다. 잃어버린 행복을 되찾은 것 같은 느낌이었다.

"왜 그러고 서 있니? 어서 들어오지 않고선."

"아뇨, 아무것도 아녜요."

윤우는 거실로 들어왔다. 그리고 예린이 방 쪽을 힐끔 보더니 어머니에게 물었다.

"예린이는 아직 안 왔어요?"

"화장실."

방으로 들어온 윤우는 옷을 갈아입고 거실로 나갔다. 그리고 아버지 옆에 앉았다.

"오늘 일은 어떠셨어요?"

"어, 그래. 정신이 없었지만 할만 했어. 일이 그렇게 어렵지는 않더라고."

"다행이네요."

"가는 곳마다 다들 네 이야기를 하더구나. 이사장님의 생명의 은인이라고. 소문이 벌써 쫙 났어. 아들 참 잘 뒀다고 다들 부러워하더구나."

아버지는 그때를 떠올리며 흐뭇하게 웃었다. 윤우는 참 잘됐다고 생각했다. 부모님이 정규직으로 채용된 것보다 자랑스러운 아들이 되었다는 사실이 기뻤다.

그때 예린이가 화장실에서 나왔다. 윤우는 동생을 자신의 방으로 불렀다. 그리고 아까 서연이의 아버지에게 받은 봉투를 동생에게 건넸다.

"자, 이번 달 용돈이다. 아껴서 써."

"와! 오빠 최고!"

"돈 줄 때랑 치킨 사줄 때만 최고지."

"헤헤헤."

봉투를 받아 든 예린이는 행복한 표정으로 수표를 꺼냈다. 그리고 잠시 후, 그녀의 표정이 확 굳었다.

"오, 오빠."

"왜? 너무 적어?"

"아니, 그게…… 아니야, 잘 쓸게."

사실 그 수표에는 윤우가 생각하던 액수보다 0이 하나 더 붙어 있었다.

"고마워 오빠!"

예린은 오빠의 마음이 변할까 걱정돼 재빨리 자신의 방으로 도망쳤다. 윤우는 뭔가 이상한 느낌이 들었지만, 책을 펼치며 관심을 끊었다.

뉴 라이프
NEW LIFE

Scene #29 나선의 변곡점

Scene #29 나선의 변곡점

"한 가지 덧붙일 말이 있어요. 전 비가 오는 날엔 출석체크를 하지 않습니다. 지금까지 늘 그래왔지요."

굵직한 뿔테 안경을 쓴 중년 교수가 환하게 웃었다. 그는 강단에 서서 한 학기 동안 강의를 어떻게 이끌어갈지를 설명하고 있었다.

"그런 날엔 조용히 집에서 작품을 하나씩 감상하는 여유를 가져보는 건 어떨까요. 아니면 조용히 빗소리에 귀를 기울여 보는 것도 좋죠. 그게 어쩌면 수업보다 더욱 가치있는 일이 될 수도 있을 겁니다."

주변이 웅성거렸다. 다들 교수의 기행이 신기한지 흥미로운 표정을 하고 있다.

"강의 내용이나 그 밖의 질문 있습니까?"

교수의 말에 우측 중간쯤 앉아 있던 남학생이 손을 들었다.

"교수님. 비오는 날에 출석을 체크하지 않으시면 아무래도 결석자가 많을 것 같은데, 그럼 그날 수업 내용은 따로 정리해서 프린트로 나눠주시나요? 아니면 수업 카페를 이용하시는 건가요."

"아아, 그 점은 걱정하지 않아도 됩니다. 비가 오는 날엔 수업과 관계없는 이야기를 할 겁니다. 가끔은 영화도 볼 생각이고요."

이번엔 한 여학생이 손을 들고 질문했다.

"수업계획서에 나와 있는 강의교재가 너무 많은 것 같은데요. 다 구해서 봐야 하는 건가요?"

"굵은 글씨가 들어간 책만 보면 됩니다. 중앙도서관에 소장되어 있는 책들이니 빌려도 될 겁니다. 아마 지금 강의가 끝나면 달려가는 학생들이 꽤 있겠군요."

학생들 틈에서 웃음소리가 흘러나왔다.

질문은 더 나오지 않았다. 강의실 안을 쭉 둘러본 중년 교수는 안경을 벗어 앞주머니에 넣었다.

"자, 그럼 오늘은 여기까지 하지요. 다들 수고 많았습니다."

책상과 의자가 밀리는 요란한 소리가 나며 학생들이 하

나 둘 일어섰다. 윤우는 수업계획서를 가방에 집어넣으며 교수를 쳐다보았다.

'특이한 사람이네.'

확실히 '한국 현대시의 이해와 감상' 담당 교수는 특이한 사람이었다. 현직 시인이었는데, 무척 감성적이면서도 낭만이 있는 사람이었다.

'교수는 마음에 들긴 하는데 좀 걱정이다.'

아직 수강 정정기간이었기 때문에 윤우는 이 수업을 계속 들어야 하나 고민을 했다. 아무래도 강사가 시인이다 보니 논리적인 부분에서 통하지 않을 수도 있기 때문이다.

다른 건 둘째 치고 윤우를 가장 고민하게 한 문제는 커리큘럼 중간에 시 창작 실습이 들어가 있다는 것이다. 단순히 들어가 있는 것이 아니라 중간고사 대체 과제였다.

시를 써보지 않은 것은 아니지만, 아무래도 문학작품이라는 것은 평가의 잣대가 불분명하고 교수의 취향에 따라 호불호가 갈릴 수 있기 때문에 걱정이 됐다.

"무슨 생각을 그렇게 해?"

슬아가 가방을 들고 일어났다. 윤우는 고개를 가로 저으며 가방을 챙기고 따라 일어섰다.

"이 과목, 들어야 하나 말아야 하나 해서."

"교수가 마음에 안 들어?"

"그런 건 아닌데, 아무래도 시 창작이 껴있으니까. 창작이라는 게 단순히 열심히 한다고 해서 좋은 점수를 받을 수 있는 게 아니잖아."

윤우를 물끄러미 바라보던 슬아는 입가에 자그마한 미소를 걸었다.

"이상해."

"뭐가?"

"학점을 위해 공부한다는 건, 왠지 내가 아는 김윤우와는 어울리지 않는 모습이라서."

뼈있는 한마디였다.

그녀의 말이 맞았다. 중요한 것은 학점이 아니다. 강의에서 무엇을 얻어 가느냐 하는 것이다.

오랜만에 보기 좋게 한 방 먹은 윤우는 허탈하게 웃었다. 결국 현대시 강의는 철회하지 않기로 결정했다.

"그런데 넌 무슨 바람이 불어서 현대시 교양을 듣는 거야? 고등학교 땐 시에 별로 관심이 없었잖아."

슬아와 같은 수업을 듣게 되었다는 사실을 알게 됐을 때는 꽤 놀랐다. 수강신청을 할 때 같은 교양을 듣자고 한 것도 아니었기 때문이다.

"별건 아니고… 기회가 되면 영미시를 번역해 보고 싶어. 그러려면 우리나라 시를 잘 이해하고 있어야 할 것 같

아. 번역은 제2의 창작이라고 생각하니까."

번역에 대한 관점과 태도엔 여러 가지가 있다. 원문을 존중하여 그대로 번역해야 한다는 주의, 그리고 지역의 실정을 고려하여 번역해야 한다는 주의 등.

번역이 제2의 창작이라는 것도 결국에는 후자에 속하는 논지였고, 윤우도 그러한 입장을 지지하는 사람이었다. 번역이라는 행위 자체가 문화와 문화를 교환하는 행위이니까.

오랜만에 윤우는 슬아와 접점을 찾은 듯한 느낌이었다. 하긴, 슬아도 영문학을 전공하니 문학이라는 큰 카테고리 안에서는 동료나 마찬가지다.

"확실히 그런 말이 있긴 해. 옛날에 김억이라는 문인이 번역은 제 2의 창작이라는 말을 한 적도 있고."

"김억이라면 '오뇌의 무도' 번역한 사람, 맞지?"

윤우는 고개를 끄덕였다.

"제법인데?"

"저번 학기에 예이츠 시 공부할 때 잠깐 이야기가 나왔거든. 그때 김억이 번역한 판본을 찾아서 한 번 봤는데 흥미롭더라. 번역을 생각하게 된 것도 바로 그 때였어."

윤우는 슬아가 대단해 보였다. 자신이 아무리 회귀를 하고 지식이 많다고 해도 번역은 완전히 다른 차원의 문제였으니까. 기회가 되면 윤우도 외국어를 하나쯤은 해야겠다는 생각을 했다.

그렇게 두 사람은 번역에 대한 소소한 의견을 주고받으며 교양강의동을 나섰다. 그때 윤우의 휴대폰으로 문자가 하나 도착했다.

발신인은 승주였다.

"점심 같이 먹자는데? 승주가."

"그러자."

슬아는 영문과였지만, 지난 학기에 승주와 소영이와 자주 어울려서 그들과도 사이가 가까워졌다.

그렇게 두 친구는 인문관으로 이동했다. 승주와 소영은 자하당 쪽 출입문에서 기다리고 있었는데, 그중 소영이가 먼저 두 친구를 발견하고는 손을 흔들었다.

"슬아 오랜만! 방학은 어땠어? 연락도 없길래 어디 해외여행이라도 갔나 싶었는데. 저번에 영국 간다고 하지 않았었니?"

"영국은 겨울에 갈 거야. 그리고 별일은 없었어. 먼저 연락하는 성격은 아니라서."

"매정해."

소영이가 딱 한마디를 했을 뿐인데 슬아는 살짝 난처한 표정을 지었다.

"고의는 아냐."

학생식당으로 가는 내내 슬아는 소영이와 이야기를 나눴다. 그만큼 두 사람, 아니 승주를 포함해 세 사람은 서로 은근 잘 어울렸다.

슬아는 오직 그들하고만 어울렸다. 윤우는 캠퍼스에서 슬아가 영문과 동기나 선배들이랑 어울리는 건 입학한 이후로 지금까지 한 번도 보지 못했다.

일전에 그 문제에 대해 한번 물어본 적이 있었는데, 과 생활을 하고 싶지 않다는 대답이 돌아왔다. 과에 추근대는 사람이 너무 많다고 한다.

슬아가 만약 평범한 성격의 여대생이었다면 그런 특혜를 누리며 여왕 대접을 받으면서 적당히 과생활을 즐겼을 것이다. 하지만 알다시피 그녀는 '보통'이 아니다.

승주가 물었다.

"학회 발표 건은 어떻게 됐어? 국제비교문학회 말이야. 슬슬 연락 올 때 되지 않았나?"

"안 그래도 이따 연구실 가서 메일 확인해 볼 생각이다."

윤우의 입에서 연구실이라는 말이 나오자 승주가 씁쓸한 표정을 지었다. 아무래도 송현우 선배의 무서운 얼굴이 떠오른 모양이다.

"실은 나도 어제 학회에 등록했어. 이번엔 늦었지만 나도 다음 학술대회에 발표 신청을 해 보려고."

"잘 생각했어. 한번쯤 경험해 보는 것도 나쁘진 않지."

사실 승주는 학회에 별로 관심이 없었다. 대학원에 진학한 이후에 활동해도 충분하다고 생각했던 것이다. 하지만 최근 선의의 라이벌인 윤우에게 자극을 받는 중이다.

"참, 다음 달에 문학답사 간다고 하던데 어쩔 거야?"

윤우는 언젠가 은하 선배에게 들었던 말을 승주에게 고스란히 전했다.

"1학년은 자동 참석이라고 하더라."

"이거 곤란하네."

승주는 뒷머리를 긁적였다. 보아 하니 별로 가고 싶은 눈치는 아니었다.

저 멀리 학생식당 건물이 보였다. 그 주변에는 새 학기를 맞아 각 동아리에서 가두모집을 진행하고 있었다. 아카데믹한 세 사람을 제외하고 오로지 소영이만 그쪽에 관심을 두었다.

"그런데 너희들은 동아리 활동 안 해? 난 이번에 하나 들었는데. 너희들은 관심 없어?"

"우린 연구실 일로도 벅차. 동아리 같은 사치 누릴 시간 없다."

윤우가 승주 몫까지 대신 대답해 주었다. 소영이는 안쓰러운 표정을 짓는다.

"너희들 대학생활 되게 불행한 것 같아. 제대로 놀지도 못하고. 딱 보면 졸업 앞둔 4학년처럼 보인다니까."

"누구처럼 대학에 놀러 온 게 아니라서 말이지."

"자, 잠깐. 나 놀러온 거 아니거든?"

"누구라고 콕 집어서 얘기는 안 했다?"

윤우의 일침에 소영이는 입을 꾹 다물었다. 그렇게 네 사람은 학생식당에서 맛있게 점심을 먹었다.

"선배, 식사는 하셨나요?"

"어."

송현우가 퉁명스럽게 대꾸했다. 소진욱 교수는 강의가 있어 연구실에 없었다. 그랬기에 지금 이 연구실에서는 송현우가 대장이었다.

연구실로 돌아온 윤우는 컴퓨터 앞에 앉아 인터넷 창을 띄웠다. 메일을 확인하기 위해서였다.

"그런데 승주는?"

"곧 올 거예요. 지금 잠깐 화장실 갔어요."

말이 끝나자마자 승주가 연구실 안으로 들어왔다. 여전히 현우의 눈치를 보며 그에게 인사했다.

"식사는 하셨어요?"

285

"두 번 묻지는 마라."

"죄송합니다."

윤우는 왠지 승주에게 미안해졌다. 다음에는 입을 맞춰 행동해야 할 것 같다. 먼저 들어온 사람이 식사 하셨냐고 물어보는 식으로.

"그나저나 너희 둘, 이리와 봐."

"네."

책상 앞으로 불려간 두 사람은 얌전히 서서 송현우의 말을 기다렸다. 책상에는 커다란 지도가 펼쳐져 있었다. 문화적 가치가 있는 곳이 표시된 여행 지도였다.

지명을 보니 남해 쪽이었다. 지역과 지역이 형광펜 선으로 연결되어 있는 걸 보니 여행 경로를 짜고 있었던 것 같았다.

"다음 달에 답사 가는 거 알지?"

"네."

송현우는 지도를 툭툭 두드리며 말했다.

"답사지는 보다시피 해남, 강진, 보성이다. 여기서 잠깐 퀴즈를 내 볼까. 이 세 지역에 가면 무엇을 보고 들을 수 있지? 문학과 관련해서 말이다."

"보성에는 태백산맥 문학관이 있고, 강진에는 김영랑 생가, 다산 초당도 있구요. 해남에는 윤선도 고택이 있습니다. 현대소설과 시, 그리고 고전문학의 유산을 한 번에 둘러볼 수 있는 좋은 코스죠. 식사도 저렴하면서도 푸짐하게 먹을 수 있고요."

윤우가 모범답안을 꺼내자 송현우가 입맛을 다셨다. 아무도 대답을 하지 못하길 바랐는데 일이 틀어졌다.

윤우는 이미 전생에 백은대 국문과 학생회장을 역임하며 문학답사를 여러 번 경험해 보았다. 그 때에도 해남-강진-보성으로 이어지는 답사를 직접 준비했었다. 그랬기에 이렇게 막힘없이 대답할 수 있었던 것이다.

"아무튼, 이번 답사에서 작은 세미나를 열기로 했다. 엠티처럼 술을 진탕 마시긴 하겠지만 문학답사니 그래도 공부를 하는 시간은 있어야겠지. 세미나는 우리가 답사에서 보고 배울 작가들에 대해 정리하는 시간이다. 그래서 우리 현대문학 파트에서 조정래에 대한 발표문을 준비해야 하는데 너희 둘 중 하나가 맡아서 했으면 좋겠다."

윤우와 승주는 서로를 바라보았다. 그러더니 승주가 손을 먼저 들었다.

"제가 해 보겠습니다. 윤우는 곧 학회에서 발표를 해야 할지도 모르니까요."

"발표가 반려되면 저도 승주를 돕겠습니다."

뜨거운 동료애였지만, 현우는 무심하게 고개를 끄덕였다.

"뭐, 그건 너희들이 알아서 할 문제고. 분량은 A4 10매 정도. 2페이지 분량의 핸드아웃 준비해서 이해를 도울 것. 너무 깊이 있게 들어가진 마라. 1학년 애들이 대부분이니까. 알았냐?"

"예."

"그럼 가서 일들 봐."

자리로 돌아온 윤우는 우선 메일부터 확인했다.

받은 편지함에 2통. 한 통은 스팸이었고 나머지 한 통은 윤우가 기다리던 메일이었다.

딸칵—

김윤우 선생님께.

안녕하세요. 국제비교문학회 총무간사 서미연입니다.

이렇게 메일로 먼저 인사를 드리게 되어 송구스럽게 생각합니다.

먼저 이번 학술대회 발표를 신청해 주셔서 감사의 말씀 드립니다.

선생님의 연구계획을 면밀히 검토해 본 결과, 우리 학회의 테마와 잘 어울린다고 판단됩니다.

하여 10월 25일에 개최되는 학술대회에 김윤우 선생님을 발표자로 초청하는 바입니다.

'됐다.'

윤우의 입가에 미소가 맺혔다.

그런데 메일을 읽던 윤우의 표정이 마지막 부분에서 갑자기 경직되었다.

믿을 수 없다는 듯, 두 눈매가 좁혀지며 모니터를 뚫어져라 쳐다보는 윤우.

두근—

심장이 격동했다.

윤우는 침을 꿀꺽 삼키며 다시 한 번 메일의 마지막 부분을 눈으로 읽어 보았다.

주 제: 국내 과학소설 수용계층의 변화과정 연구

발표자: 김윤우 (한국대)

토론자: 서광필 (백은대)

윤우가 집중하고 있는 건 토론자의 이름이었다.

'서광필⋯⋯.'

운명의 장난이었을까.

백은대학교 국어국문학과의 서광필이라면 딱 한 사람뿐이었다. 전생에서 자신과 동료들을 버리고 한국대로 적을 옮긴 사람.

윤우는 꿈에도 잊을 수 없는 지도교수의 세 글자 이름을

머릿속으로 곱씹어 보았다. 우연인지 필연인지 도무지 알
수 없어 혼란스럽기만 했다.

하지만 한가지만큼은 분명했다.

이번 토론은 전생처럼 호락호락하게 넘어가지는 않을
것이라는 사실이 말이다.

발표자와 토론자가 정해진 그날 저녁, 윤우는 집 근처
카페에서 가연을 만났다.

윤우가 먼저 만나자고 한 것은 아니었다. 근래에 얼굴
보기가 힘들어 그녀가 시간을 내서 이쪽으로 온 것이다.

하지만 분위기는 훈훈하지 않았다. 윤우는 생각이 많아
보였고, 가연이는 그런 윤우의 눈치만 보고 있다.

"무슨 안 좋은 일이라도 있었어?"

가연이 넌지시 윤우에게 물었다. 그녀의 얼굴엔 걱정이
한가득이었다.

"아니, 아무것도."

"정말 아무것도 아니야?"

"신경 쓰지 마."

윤우는 웃었다. 하지만 그 웃음이 자연스럽지가 않다.
윤우의 시선은 어느덧 창밖을 향해 있다.

가연은 일어서 화장실로 향했다. 그리고 거울 앞에 서서 자신의 얼굴을 뚫어져라 바라본다. 어디에 이상한 게 묻지는 않았나, 화장이 좀 뜨지는 않았나.

하지만 아무리 봐도 윤우가 마음에 들지 않을 만한 곳은 없었다. 얼굴은 평소와 다를 바가 없었다. 주변에 있는 남자들이 흘끔 볼 정도로 예쁘다.

그러다보니 며칠 전 일부터 시작해 자신이 뭔가 실수를 하지 않았나 돌이켜보게 되었다. 하지만 아무리 생각해도 윤우에게 밉보일 짓은 한 적이 없다.

가연은 한숨을 내쉬며 손을 씻고는 다시 자리로 돌아왔다. 윤우는 여전히 무표정으로 의자에 비스듬히 앉아 창밖을 내다보고 있었다.

때마침 카페 음악도 멜랑콜리한 느낌의 팝송으로 바뀌었다. 분위기가 더욱 처지는 느낌이다.

그래도 둘 다 축 처져 있을 수는 없다고 생각한 가연은 마음을 바꿔먹고 환하게 웃었다.

"저기, 윤우야. 오늘 있지. 학교에서……"

가연은 오늘 학교에서 있었던 재미있는 일화를 얘기해주었다. 윤우는 가연을 바라보며 고개를 끄덕였지만, 표정은 다른 생각을 하고 있었다.

아무리 재미있는 이야기를 해줘도 윤우의 표정이 변하지 않는다. 결국 가연은 장소를 옮기기로 결정했다.

"뭐 먹으러 가자. 배고프지 않아? 나 배고픈데."

시계를 보니 벌써 시간이 7시 반이 넘어 있었다. 윤우는 계산서를 들고 자리에서 일어섰다.

"그래. 나가자."

여전히 무표정이었지만, 가연은 생긋 웃으며 윤우와 팔짱을 꼈다.

번화가가 아니라 동네였기 때문에 두 사람은 늘 가던 파스타 전문점으로 갔다. 작고 아담해서 별것 없는 곳이었지만, 그래도 먹을 만하다는 게 그녀의 평가였다.

윤우는 함께 만나 뭔가를 먹을 때 늘 가연을 배려했다. 그녀가 먹고 싶다는 것만 먹었다. 그래서 오늘도 자연스레 그녀가 좋아하는 곳으로 간 것이다.

각자 주문을 마치자 또다시 침묵이 찾아왔다. 하지만 가연은 윤우의 손을 꼭 잡았다. 그리고 멀뚱히 쳐다보았다.

"왜 그래?"

"내가… 뭐 잘못한 거 있어?"

"아니. 왜?"

"오늘 표정이 너무 안 좋잖아. 내가 실수한 것처럼."

가연은 살짝 웃다가 울먹이는 표정을 지었다. 그제야 윤우는 정신이 번뜩 들었다. 너무 자기 생각만 하고 있었다는 걸 자각한 것이다.

"아니. 그런 거 아냐. 그냥 오늘 신경 쓰이는 일이 있어서 그래."

"무슨 일인데? 얘기해주면 안 돼?"

"너랑 별로 관계없는 일인데."

사실대로 이야기해 줄 수 없는 일이었다. 자기가 과거로 회귀했는데, 예전에 지도교수였던 사람과 토론을 하게 됐다는 말을 어떻게 한단 말인가.

하지만 윤우는 한때 이야기꾼이기도 했다. 자신이 겪었던 일을 그럴싸하게 포장한다면 가연이도 납득을 해 줄 거라고 생각했다.

"내가 아는 형 이야기야."

윤우가 말을 꺼내려하자 가연이가 몸을 앞으로 당기며 집중했다.

"아는 형이 대학원을 다니는데, 지도교수가 갑자기 학교를 한국대로 옮겼대. 전에 있던 제자들에게 말도 없이 말이야. 그러더니 인연을 끊었다고 하더라."

"세상에, 그런 일도 있어?"

윤우는 고개를 끄덕이며 계속 말했다.

"학위논문을 쓰던 제자들은 다들 패닉에 빠졌어. 지도교수가 바뀌게 되면 1년 동안 바뀐 지도교수에게 의무적으로 지도를 받아야 하거든. 즉, 1년을 날리는 셈이지."

"다른 방법은 없고?"

"있어. 외부지도교수신청을 하면 돼."

"하지만 인연을 끊었다고 했으니……."

윤우는 고개를 끄덕였다.

"당연히 그 교수가 거부했지. 다들 울고불고 난리가 났다고 하더라."

그때 기억이 선명히 떠오른다.

윤우는 박사학위를 받은 상황이라 학위논문 문제로 피해를 입지는 않았지만, 뒤에서 자신을 밀어줘야 할 사람을 잃고야 말았었다.

아무튼 서광필 교수 밑에서 석사, 박사 논문을 쓰던 후배들은 안타까운 눈물을 흘렸다. 하지만 교수가 그렇게 결정한 이상 구제할 방법이 없었다.

가연의 미간이 찡그려졌다.

"너무해. 사람이 어쩌면 그래?"

"어쩌면 사람이기 때문에 그런 잔인한 짓이 가능한 걸지도 모르지."

사람만큼 무서운 게 또 없다는 말이었다. 윤우는 전생에 그것을 실감했다. 그리고 자신이 얼마나 부질없는 끈을 붙들고 있었는지도 깨달았었다.

그것이 썩은 동아줄이었음을 깨달았을 때 가장 처음 느낀 감정은 허무함이었다. 이 썩은 동아줄을 위해 지금까지

한 노력은 과연 무엇이었단 말인가.

물론 스스로에게 실망감이 들기도 했었다. 권력에 기댄 채 무언가를 얻어내려 했기 때문이다. 학연과 지연에 매달리는 타락한 사람들과 별반 다를 게 없었다.

'하지만 이제 달라. 두 번 다시 그런 실패한 인생은 살지 않을 거다.'

윤우는 분명히 각오를 다졌다.

그에게 있어 과거는 단순히 지나가기만 한 일이 아니었다. 윤우는 과거를 통해 반성하고, 더 좋은 미래를 위해 노력하는 그런 사람이었다.

"그런데 아는 형은 무슨 전공인데? 이공계는 교수가 학교를 옮겨도 자유롭게 그 밑에 학생들도 따라 갈 수 있다고 들었거든."

"안타깝게도 인문대 쪽이야. 학교 옮기기가 쉽지 않지. 게다가 우리 학교는 타대생들 배척하기로 유명해서 설령 도중에 들어온다고 해도 버티기가 어려워."

"곤란하겠다……."

윤우는 문득 궁금했다. 그리고 그 궁금한 것을 가연에게 물어보았다.

"너라면 어떨 거 같아? 네가 만약 다른 대학 교수인데, 한국대로 옮길 기회가 생긴다면 어떨까?"

"음… 그런 기회가 있다면 나도 한국대에서 교수를 할

것 같아. 아무래도 우리나라에서 제일 좋은 곳이잖아."

윤우는 고개를 끄덕였다. 아마 다른 이들에게 묻는다고 해도 대부분 같은 선택을 할 것이다.

한국대는 교수 입장에서도 국내 최고의 대학이다. 다른 학교의 교수가 정원 확보와 취업률에 신경을 쓸 때 한국대 교수들은 하고 싶은 연구를 마음껏 할 수 있으니까.

물론 정원 확보와 취업률은 모든 대학이 끌어안고 있는 문제 중 하나다.

그나마 서울에 있는 대학은 형편이 낫다. 미달될 일은 거의 없으니까. 하지만 지방 사립대에서는 학생 유치와 취업을 위해 교수가 영업까지 뛴다.

실제로 지방 사립대 교수들 중 일부는 고등학교 교무실을 돌며 입시 광고까지 한다. 오죽하면 어떤 고등학교 교무실에는 '대학 관계자 출입 금지'라는 안내판이 붙을 정도일까.

아무튼 한국대에서 교수를 한다는 것은 사회적 지위가 상승함과 동시에 잡다한 일들로부터 벗어날 수 있다는 점에서 굉장히 메리트가 있는 일이었다.

"그래도 나라면 옮긴다고 해도 계속 학생들 지도를 해 줄 것 같아. 제도가 뒷받침 된다면."

"그러는 게 도리에 맞지. 하지만… 그 사람은 그러지 않앗어."

좋지 않은 기억을 되뇐다는 것은 꽤 괴로운 일이다. 순식간에 연줄을 잃은 자신의 초라한 모습이 떠오르자 윤우는 입안이 씁쓸해졌다.

하지만, 지금은 새로운 인생을 살고 있다. 과거의 기억에 사로잡혀 마음을 쓸 이유는 전혀 없다.

이제는 앞으로 나아가야 할 차례다.

그렇게 생각하니 마음이 조금 편해졌다. 윤우의 표정이 밝아지자 가연의 표정도 덩달아 밝아졌다.

"이제 답답한 거 좀 풀렸어?"

"덕분에. 미안해. 내가 괜히 신경 쓰이게 해서."

가연은 고개를 가로 저었다. 윤우의 편한 미소를 볼 수 있는 것만으로도 충분히 기뻤다.

윤우가 국제비교문학회에서 발표를 하게 됐다는 소식은 한국대 국문과에 널리 퍼졌다.

이미 윤우가 천재적인 학생이라는 소문이 다 나있는 터라 선배나 동기들은 그다지 놀라거나 하진 않았다. 다들 '역시' 라는 반응이다.

특히 동기들은 윤우를 정말 특별하다고 생각했다. 과거

에 윤우가 쓴 논문으로 선배들이 공부를 한 것은 둘째치고라도, 수업 도중 윤우가 보여준 실력이 정말 대단했기 때문이었다.

동기들끼리 같이 듣는 논술 교양필수 수업에서는 치밀한 논리력을 보여주어 교수를 압도할 정도였고, 발표를 할 때는 마치 강의를 하듯 자연스럽게 전문지식을 녹여냈다.

그러다보니 윤우의 별명은 어느새 김 교수가 되어 있었다. 고등학교 때는 별명이 김 박사였으니, 별명도 대학에 들어오며 한 단계 성장한 것이다.

"그래서, 안 하겠다는 거야?"

한국대 국문과 학회장 송진호가 다시 한 번 진지하게 질문을 던졌다. 그 옆에는 서은하의 모습도 보였다. 두 사람은 지금 과실에서 윤우를 설득하고 있었다.

정확히 말하면 윤우를 설득하러 온 사람은 송진호였고, 서은하는 조력자였다. 그는 평소 윤우와 가깝게 지내는 서은하를 함께 데려온 것이었다.

"아무래도 시간이 부족할 것 같습니다. 아시다시피 소진욱 교수님 연구실에 있거든요."

"그걸 모르는 건 아닌데… 너처럼 똑똑하고 일 잘하는 애 찾기가 힘들어서 말이다. 너는 안 그러지만 요즘 애들은 좀 개인적인 성향도 많아서 선뜻 부탁하기도 쉽지가 않아.”

윤우는 난처한 표정을 숨기지 않았다.

지금 진호는 윤우에게 인문대 학생회 선거에 함께 나가
볼 생각이 없냐고 묻고 있었다. 집행부로 말이다. 송진호
는 내년 인문대 학회장에 출마할 예정이었다.

“다시 한 번 말씀드리지만, 제 위에도 선배님들이 많으
시고 괜찮은 동기들도 있는데 굳이 제가 할 필요는 없어
보입니다.”

“단호하네.”

“거봐요. 안 된다니까 그러네. 얘가 얼마나 바쁜 애인
데.”

곁에서 지켜보던 서은하가 한마디 툭 내뱉었다. 결국
송진호는 허탈하게 웃으며 자리에서 일어섰다. 반시간
이 넘도록 설득을 했지만 윤우의 의지를 꺾을 수가 없었
다.

“아무튼 다음에 생각이 바뀌면 꼭 연락 줘라.”

“이 누나도 간다. 다음에 보자.”

“네. 안녕히 가세요.”

하지만 윤우는 절대 학생회 활동은 하지 않기로 정한 후
였다. 전생의 경험을 통해 학생회 활동이 얼마나 의미가
없는지를 깨달았기 때문이었다.

취업이나 대외활동 시에 약간의 어드밴티지가 있을 수

는 있다. 하지만 대학원에 진학하려는 윤우에게는 조금도 도움이 되지 않는, 그런 시간낭비에 가까웠다.

그런 생각을 하며 윤우는 무심결에 시계를 바라보았다. 시간을 확인한 그의 눈이 살짝 커졌다.

'참, 소진욱 선생님이 아까 부르셨었지? 어서 가 봐야겠다.'

윤우는 즉시 가방을 챙기고 아래층으로 내려갔다. 연구실에는 소진욱 교수 혼자뿐이었다.

"선생님, 아까 부르셨죠?"

소진욱 교수는 고개를 끄덕였다. 윤우는 책상에 가방을 내려놓고 그의 맞은편 소파에 자리했다.

"듣자 하니 토론자가 서광필 선생이라고 하던데."

"예. 맞습니다. 백은대에 계시는. 그런데 서광필 선생님은 그쪽에 임용이 되신 건가요?"

"아직 시간강사야."

윤우는 가볍게 고개를 끄덕였다.

그가 백은대 전임강사로 임용이 된 것은 2005년이었다. 아직 시간강사라면 이 부분에서만큼은 과거와 동일하게 일이 벌어지고 있다는 이야기였다.

'그렇다면 예전처럼… 나중에 한국대로 자리를 옮기게 되는 건가?'

그럴 가능성이 높았다. 그렇다면 윤우는 서광필 교수와

매일 얼굴을 맞대며 지내야 한다.

그건 윤우에게 있어 끔찍한 일이었다. 덕분에 윤우는 어떻게든 서둘러 박사를 따고 경력을 쌓아 한국대 교수직에 도전해 볼 계획을 세웠다.

'어차피 교수 자리는 한정되어 있어. 그 사람이 들어갈 자리에 내가 들어가면 되는 거야. 그럼 얼굴 서로 볼 일도 없을 거고.'

그러려면 우선 과정을 빨리 마쳐야 했다. 일단 윤우는 조기졸업을 할 생각이었고, 가능하면 학석사연계과정에 들어가 1년 정도를 단축할 작정이었다.

나아가서는 주요 일간지의 신춘문예 평론부문에서 당선을 노려볼 계획도 세우고 있었다. 평론은 현대문학부문 교수 임용에 적지 않은 영향을 주는 요인이었다.

하나하나 쉽지 않은 길이었지만, 그래도 윤우는 자신이 있었다. 그에게 노력으로 할 수 없는 일은 아직까지 존재하지 않았으니까.

"서광필 선생은 내 3년 후배야. 꽤 똑똑한 친구지. 이론적으로는 거의 완벽한 사람이라고 할까. 그래서 윤우 네가 좀 걱정이 된다."

"걱정하실 거 없습니다. 제대로 준비하고 있어요. 선생님 이름에 먹칠을 할 생각은 없거든요."

"그래서 말을 꺼낸 게 아니야. 어차피 세상에 완벽한 논문이라는 건 없지. 관점에 따라 얼마든지 비판이 가능한 것이 인문학의 매력이니까. 다만… 어린 나이에 발표를 했다가 상처입지 않을까 걱정돼서 그러는 거다. 나중에 대학원 안 온다고 해 버리면 우리만 손해니까."

소진욱 교수는 농담 삼아 말했지만 약간의 진심도 섞여 있었다.

물론 그의 말대로 상처를 받고 대학원에 가지 않을 일은 없었다. 이미 윤우는 학회에서 닳고 닳은 사람이었다. 지구상에 존재하는 온갖 비판은 다 먹어본 그였다.

윤우는 미소를 지었다.

"서광필 선생님도 한국대 출신이신데 거칠게 공격을 하진 않으시겠죠."

"그야 그렇다만."

"토론이 길어지지 않도록 부족한 부분은 순순히 인정을 할 생각입니다. 그래야 발표가 깔끔하게 끝나니까요."

그러나 윤우의 속마음은 달랐다. 조금이라도 공격을 해온다면 그 이상으로 되갚아 줄 작정이었다.

물론 쉽지 않은 싸움이 될 것은 자명하다. 소진욱 교수의 말처럼 서광필은 이론적으로 거의 완벽한 사람이었으니까.

단, 한 가지만 잘 이용하면 된다.

방심.

학부 1학년이라는 적은 나이는 윤우에게 무엇보다 큰 무기가 될 것이다.

뉴 라이프
NEW LIFE

Scene #30 국제비교문학회 추계 학술대회 (1)

Scene #30 국제비교문학회 추계 학술대회 (1)

10월 초, 이제 슬슬 가을의 정취가 느껴지는 계절이 왔다. 한국대학교의 자하당은 울긋불긋 물든 단풍에 둘러싸여 근사한 분위기를 뽐냈다.

윤우는 자하당 옆 벤치에 앉아 참고문헌을 검토하는 중이다. 트렌치코트를 걸치고 단풍 아래에서 책을 읽는 모습은 제법 운치가 있었다.

특별히 멋을 내려고 그런 것은 아니었다. 그는 지금 학과 동기인 정소영을 기다리고 있었다. 과실에서 만나면 될 텐데, 그녀는 꼭 이 벤치에서 기다리고 있으라고 했다.

'왜 이렇게 안 오지? 약속 시간이 한참 지났는데.'

오후 2시에 만나기로 약속을 했는데 벌써 2시 30분이 지나고 있었다.

시계에서 시선을 뗀 윤우는 주변을 두리번거렸다. 마침 그때 대학본부 쪽 오르막길에서 소영이가 이쪽을 향해 뛰어 올라오는 모습이 보였다.

"미안! 휴우, 버스가 좀 늦었네. 많이 기다렸지?"

"아니, 그건 됐고. 무슨 일이야? 여기서 다 보자고 하고."

이상한 생각이 들 만했다. 평소라면 과실에서 만나곤 했으니까. 무엇보다도 단짝처럼 붙어 다니는 승주가 보이지 않는 게 좀 수상했다.

가쁜 숨을 돌린 소영은 웃으며 윤우의 옆자리에 털썩 주저앉았다.

"가을엔 이렇게 벤치에 앉아서 사색을 즐기는 게 제일이지."

"말 돌리지 말고. 나 바빠. 들어가서 논문 마저 써야 해."

소영은 입술을 빼죽 내밀었다.

"아무리 바빠도 그렇지. 나처럼 예쁜 동기가 좀 보자고 하면 없는 시간이라도 내 줘야 하는 거 아니야? 동기사랑 나라사랑이라는 말도 몰라?"

윤우는 피식 웃었다. 그러더니 읽던 책을 덮고 몸을 소영이 쪽으로 돌렸다.

"그런데 농담하는 게 아니라 나 정말 바빠. 이번 발표 굉장히 중요하다고. 수업시간에 발표하는 거랑은 차원이 다르단 말이야."

"알았어. 음, 뭐랄까. 좀 상의하고 싶은 게 있어서 불렀어."

"상의? 설마 중간고사 과제 때문에 그런 건 아니겠지."

"아니거든요!"

기세 좋게 대꾸한 소영이는 잠시 휴대폰으로 한눈을 팔았다. 무언가를 기다리고 있는지 버튼을 꾹꾹 누른다. 그리고는 금방 폴더를 닫고 주머니에 넣었다.

"상의하고 싶은 게 있다면서 핸드폰은 왜 만지작거리고 있는데."

"쏘리. 아무튼, 내가 상의하고 싶은 건 승주 문제인데…… 넌 승주를 어떻게 생각해?"

소영이가 그렇게 묻는 이유를 알 것 같았다. 한국대 국문과 내에서 그녀가 승주를 좋아한다는 사실을 모르는 사람은 아무도 없었으니까.

'고작 연애 상담을 하려고 날 부른 거야?'

윤우는 속으로 한숨을 내쉬었다. 좋으면 좋다고 이야기를 하면 되는 건데 무슨 상담까지 한단 말인가.

그래도 이해가 되는 면도 없잖아 있었다. 자신도 고등학교 시절 가연이와 이어지기 위해 고민을 했던 적이 있었으니까.

개구리가 올챙이 시절 모른다는 말은 듣고 싶지 않았다. 윤우는 소영이의 질문에 응해주기로 했다.

"승주는 좋은 녀석이지."

"그게 다야?"

"너한테 아까울 정도로?"

"야! 어쩜 말을 그렇게 해? 정말 못써먹겠네."

소영이는 인상을 잔뜩 쓰며 윤우의 어깨를 툭 쳤다.

그런데 그녀는 말을 잇지 않고 다시 주머니에서 휴대폰을 꺼냈다. 버튼을 몇 번 누르더니 쿡하고 웃는다. 뭔가 굉장히 수상해 보였다.

"뭘 보고 그렇게 웃는 거야?"

"아니, 그런 게 있어. 날이 좀 쌀쌀한데 과실로 가자. 거기서 얘기하는 게 좋겠어."

"과실에서 그런 얘기해도 돼? 애들 많을 텐데."

"상관없어."

소영이가 앞장서서 인문관으로 걷기 시작했다. 왠지 평소보다도 발걸음이 빨라 보였다. 덕분에 윤우는 조금 서둘러 그녀의 뒤를 따라가야 했다.

그렇게 4층에 올라 과실에 도착했을 때였다. 갑자기 양옆에서 동기들이 튀어나오더니 무언가를 쏘아 올렸다. 귀가 멍해질 정도로 큰 소리가 났다.

"뭐야?"

윤우는 깜짝 놀랐다. 과실에 들어가자마자 폭죽이 연이어 터진 것이다. 이어 동기들이 환호성을 지르며 윤우에게 달려들었다.

그리고 그 선두에는 승주가 있었다. 그의 손에는 케이크가 들려있었다.

"김윤우. 생일 축하한다! 자, 받아!"

"야, 잠깐!"

케이크와 윤우의 얼굴이 점점 가까워지고 있었다. 윤우는 눈을 크게 뜨며 물러섰다. 하지만 더 이상 물러설 수가 없었다. 남자 동기 둘이 윤우의 팔을 붙든 것이다.

"……읍!"

케이크는 그대로 윤우의 얼굴로 다가와 부딪혔다. 물컹한 느낌과 함께 달콤한 것이 입을 비집고 들어왔다.

"하하하!"

"사진 찍어. 사진."

생크림와 케이크 조각이 한가득 묻은 윤우의 얼굴을 보고 다들 웃음을 터트렸다.

생크림에 파묻힌 윤우의 두 눈이 슬그머니 열렸다. 평소 지적인 모습만 보여 왔던 윤우의 새로운 모습에 다들 즐겁게 웃기 시작했다.

"정소영⋯⋯."

윤우는 눈가에 묻은 크림을 떼어내며 소영이를 노려보았다. 그제야 그녀가 벤치에서 자신을 기다리게 했던 상황이 이해가 되었다.

"너 이러려고 밖에서 시간 끈 거냐? 핸드폰은 신호고?"

소영이는 고개를 끄덕였다.

"어때, 놀랐지? 서프라이즈 파티는 이 정도는 해 줘야지."

"됐고, 휴지 없어?"

윤우는 소영이에게 휴지를 받아 생크림을 닦아내었다. 잘 닦이지는 않았지만 기분은 좋았다. 동기들이 생일을 챙겨줄 줄은 정말 몰랐기 때문이다.

만약 윤우가 평범한 학생이었다면 이런 대접을 받지는 못했을 것이다. 그는 국문과에서 굉장히 인기가 많았다. 행실이 바른데다가 외모도 준수하고, 머리까지 좋았기 때문이었다.

주변이 대강 정리가 되자 동기들이 하나씩 준비한 선물을 윤우에게 건넸다. 꽃 한 송이, 문화상품권 등 소소하지만 가치 있는 것들이 윤우의 손에 쥐어졌다.

승주가 박수를 치며 나섰다.

"자, 그럼 이쯤에서 우리 주인공의 소감을 한번 들어볼까?"

"다들 고마워. 이렇게 챙겨줘서. 과정은 좀 거칠긴 했지만 기분은 좋네. 아무튼 다음 달에 승주 생일 있는데… 그때 케이크는 나한테 맡겨라. 복수할 거야."

다들 한바탕 웃음을 터트렸다. 그렇게 윤우의 생일 깜짝 파티는 막을 내렸다.

"난 머리 좀 씻고 가야겠다. 빵이 엉겨 붙어서 떨어지지가 않네. 그런데 누구 아이디어였어? 케이크 얼굴에 맞추는 거."

승주는 손가락으로 자신을 가리켰다.

"그런데 진짜 복수할 거야?"

"당연하지."

윤우는 승주의 생일을 알고 있었다. 그날 저녁 동기들과 함께 파티를 열기로 미리 약속을 했기 때문이다.

"무섭네. 아무튼, 난 소영이랑 얘기 좀 하다가 갈게. 현우 선배가 물으면 잠깐 화장실 갔다고 좀 둘러대 주라."

승주가 의미심장한 얼굴로 그렇게 말했다. 왠지 두 사람 사이에 극적인 일이 일어날 것만 같았다.

"잘하고 와."

"뭐 어떻게든 되겠지."

윤우는 고개를 끄덕이고는 인문관 내부에 있는 남자 샤워실로 향했다. 가끔 연구실에서 밤을 샐 일이 있었기 때문에 샴푸는 사물함에서 미리 챙겼다.

'아차, 수건이 없구나. 집에서 빨아 온다는 걸 깜빡 했네.'

어쩔 수 없이 머리를 감고 물기를 대강 털어낸 윤우는 그 길로 연구실로 돌아갔다. 안에는 송현우 혼자 있었다.

"머리 꼴은 왜 그래?"

윤우는 방금 전 과실에서 있었던 일을 설명했다. 그러자 송현우는 피식 웃더니 옆에 걸린 수건을 던져 주었다.

"생일 선물은 그걸로 퉁 쳐."

"감사합니다."

무섭기로 소문난 송현우였다. 수건을 던져준 것만으로도 감사할 일이었다.

"미역국은 먹었나?"

"예, 아침에 먹고 나왔어요."

송현우는 더 이상 말을 잇지 않고 읽던 책에 집중했다. 윤우는 그를 보며 작게 미소를 지었다.

언젠가 서은하가 그런 말을 했었다. 송현우는 겉으로는 까칠하지만 자상한 면이 있다고. 윤우의 머릿속에 그 말이 불현듯 떠오른 것이다.

"선배님은 생일이 언제세요?"

"생일? 그건 알아서 뭐 하게."

"그냥요."

"신경 꺼."

끝내 송현우는 자신의 생일을 말하지 않았다. 어쩔 수

없이 윤우는 수건을 의자에 걸고 컴퓨터 앞에 앉았다.

'이제 슬슬 시작해 볼까?'

폴더를 뒤져 논문 파일을 불러왔다. 이제는 들뜬 마음을 가라앉히고 다시금 논문에 집중할 시간이다.

논문은 본론까지 거의 마무리되어 있었다. 논지와 논지 사이를 보강해서 설득력을 높일 필요가 있었다.

윤우는 본론 첫 부분으로 돌아가 쓴 내용을 하나씩 훑었다. 논문 테마는 일제강점기 시대 과학소설의 수용계층이 어떻게 변화했는지를 논증하는 것이었다.

윤우의 호기심은 1942년 6월 23일자 '매일신보'에 실린 작은 기사로부터 시작되었다. 그 기사에서는 과학소설을 황당무계한 내용이 많다며 비판하고 있다.

논문의 본문 첫 부분에는 그 기사의 내용 일부가 인용되어 있었다.

– 그러나 문제되는 것은 아이들의 흥미만 맞추려고 생긴 황당무계한 모험담이 글로 그림으로 꽤 많이 세상에 나돌고 있는데 그중에서도 특히 과학소설이라고 내세운 것에 황당한 것이 많은 것은 문제입니다. (중략) 뿐만 아니라 아이들에게는 현실과 공상을 뚜렷이 구별하는 힘이 없으므로 이러한 소설의 황당한 것에 취해 버려 대단히 나쁜 감화를 받게 됩니다.

흥미로운 기사였다. 왜냐하면 1910년 전후만 해도 과학소설은 아이들과 어른들 가릴 것 없이 과학소설이 '계몽의 도구' 중 하나로 인식되어 왔기 때문이다.

실제로 박용희의 '해저여행'이나 이해조의 '철세계'를 보면 애국계몽적인 내용이 실려 있다. 흥미를 자극하는 면이 없잖아 있지만 나름대로 순기능이 있었던 것이다.

그런데 기사에서는 과학소설을 놓고 '황당한 것이 많다'고 비판하고 있다. 심지어 아이들에게 대단히 나쁜 감화를 주게 된다고 논평하고 있다.

도대체 무엇이 과학소설에 대한 인식 변화를 꾀하게 된 것일까?

그러한 문제를 고민하던 윤우는 원인을 파악하기 위해 각 시대별로 과학소설의 흐름을 정리해 보기로 했다.

또한 과학소설이 발표되었던 매체에 대한 연구도 병행했다. 매체의 특성이나 수록 경향을 알 수 있다면 작품의 분석이 보다 용이해지기 때문이다.

그러다보니 자연스레 논문의 페이지가 늘어나 버렸다. 그리고 그것은 또 다른 고민거리를 만들어냈다.

'생각했던 것보다 자료가 너무 많이 들어갔어. 이러다가 분량이 초과하겠는데?'

아무래도 소설 장르의 변화과정을 다루는 것이다 보니, 1910년부터 1940년대까지의 문학사적 흐름과 발표 매체

등에 관한 자료를 넣을 수밖에 없었다.

그러다 보니 소논문 기준 분량을 훨씬 뛰어넘어 버렸다. 제대로 자료를 보강해서 쓴다면 석사논문 수준의 분량이 나올 것 같았다.

'이번 논문은 요약한다는 느낌으로 쓰고, 차라리 이걸 석사논문 테마로 잡아야겠다. 미리 학위논문 준비한다고 생각하면 시간을 절약할 수 있겠어.'

분량이 초과되는 부분은 논문에서 빼고 말로 설명하는 방식으로 발표하면 된다.

대개 학회에서는 발표문을 그대로 읽지만 윤우는 그런 방식을 선호하지 않았다. 시선은 청중을 향하고, 마치 강의를 하듯 해설하는 식의 발표를 좋아한다.

아무튼 순식간에 석사논문 테마까지 잡은 윤우는 미소를 지으며 계속 논문을 훑어보았다. 논문에 집중하면 집중할수록 그의 즐거움은 커져만 갔다.

그럴 만도 했다. 윤우는 책을 읽거나 논문을 쓸 때 자신이 진정 살아있음을 느꼈다. 독서와 연구는 단순한 취미나 일이 아니었다. 그의 근본적인 것과 맞닿아 있었다.

위이이잉—

윤우가 한참 집중을 할 때 휴대폰이 진동했다. 윤우는 조심스레 밖으로 나가 전화를 받았다.

— 오늘 보기로 한 거 잊지 않았지? 왠지 지금쯤이면 논

문 쓰는 데 푹 빠져 있을 것 같아서 전화해 봤어.

가연이었다. 그녀의 목소리는 살짝 들떠 있었다.

"대강 마무리 짓고 학회에 보낸 다음 나갈 생각이야., 장소는 거기 그대로?"

− 응. 다른 친구들한테도 연락 돌려 놨으니까 늦지 않게 와. 알았지?

"걱정하지 마."

윤우는 전화를 끊고 다시 연구실로 들어왔다.

저녁이 되자 윤우와 그의 친구들이 일전에 강태완 이사장의 목숨을 구해 낸 그 패밀리 레스토랑에 모였다.

오늘 생일 파티에 참가한 것은 가연이와 슬아, 나리, 그리고 성진이였다. 예린이는 수능이 코앞이라 학원에서 열심히 공부를 하고 있다.

"자, 선물."

가연이가 커다란 쇼핑백을 통째로 건넸다. 말랑말랑한 감촉이 느껴졌는데, 아마도 겨울용 옷인 것 같았다.

이번에는 슬아가 선물을 건넸다. 손바닥만 한 상자였는데, 무엇이 들었는지 도무지 예측할 수가 없었다. 나리는 그것보다 살짝 더 큰 선물을 건넸다.

마지막으로 성진이는 쿨하게 상품권을 내밀었다. 현금
혹은 현금처럼 쓸 수 있는 것이 가장 좋은 선물이라는 신
념을 충실히 따르고 있었다.

"뜯어봐도 되지?"

다들 고개를 끄덕였다. 성진이 것은 뜯어볼 필요가 없어
가방에 바로 넣었고, 윤우는 먼저 가연이가 준 선물을 열
어보았다.

흰색 스웨터였다. 그런데 어딜 봐도 태그가 붙어있지 않
았다.

"직접 만든 거야?"

"응. 시간 날 때마다 틈틈이 만들었어."

꽤 공을 들였는지 가연은 뿌듯하게 웃었다.

"이야, 부럽다. 나도 저런 여친 하나 있었으면 소원이
없겠는데."

성진이의 탄식에 윤우는 씨익 웃었다. 그리고 스웨터를
꺼내 이리저리 살펴보았다. 실력이 굉장했다. 몸에 꼭 맞
을 것 같았고, 무엇보다도 따뜻해 보였다.

"고맙게 잘 입을게."

그런데 그게 끝이 아니었다. 쇼핑백에는 분홍색 편지봉
투가 들어 있었다.

"그건 집에 가서 읽어 봐."

"알았어."

편지를 가방에 넣고, 이어서 윤우는 슬아의 선물을 열어 보았다. 포장지를 뜯으니 유명 메이커의 로고가 보였다.

향수였다. 코를 슬쩍 대보니 은은하면서도 상쾌한 느낌 의 향이 마음에 쏙 들었다. 윤우는 나리의 선물도 뜯었는 데, 고급스러운 가죽 장갑이 들어 있었다.

선물을 보고 있으니 윤우는 문득 자신이 성인이 되었음 을 느꼈다. 학창 시절에는 생일 선물을 받아봐야 샤프나 책, 아니면 문화상품권이 다였는데 말이다.

"다들 고마워. 오늘 저녁은 내가 살게. 많이들 먹어."

"당연히 2차도 네가 사는 거지?"

성진이 회심의 미소를 지었고, 윤우는 고개를 끄덕였다.

"뭐, 못 살 것도 없지. 오늘은 내가 다 사마."

"역시 김윤우. 시원시원해서 마음에 든다!"

윤우와 그의 친구들은 맛있는 저녁식사와 함께 즐거운 한때를 보냈다.

그리고 시간이 흘러 10월 25일.

국제비교문학회 추계 학술대회가 연수대학교에서 열렸 다.

〈4권에서 계속〉